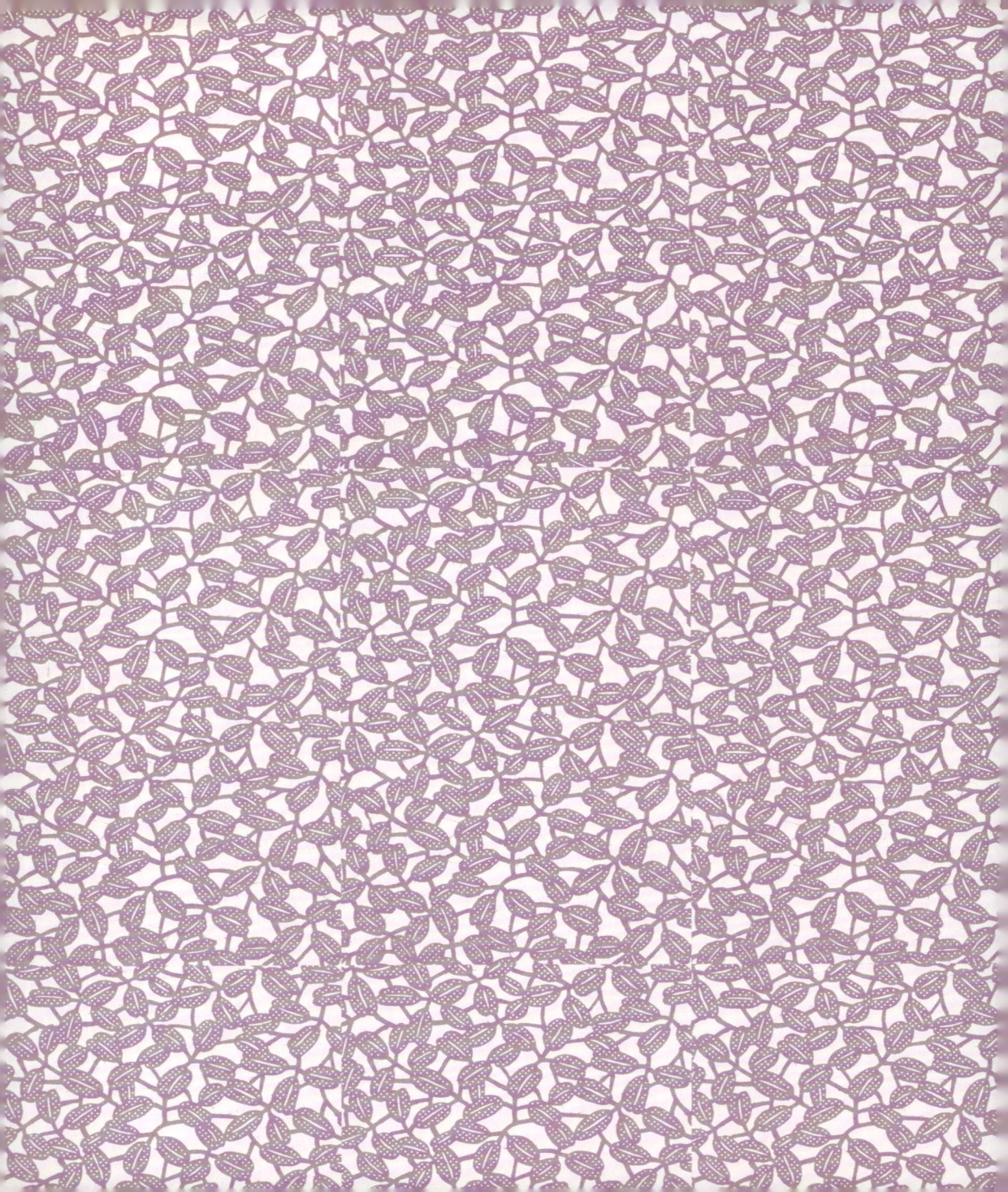

妈咪大人的猫咪札记

吕吉明 著

上海三联书店

目录
CONTENTS

序一 梁永安 1

序二 姆妮的故事 褚潇白 7

猫咪代序 20

1 初来乍到 24

2 起名 26

3 小不点，大力士 29

4 小宝 31

5 小管家 33

6 最开心的时刻 35

7 情满意足 36

8 苏昆 38

9 妈妈 40

10 巴依老爷 42

11 抑郁了 46

12 傲骨 48

- 13 搬家 50
- 14 松鼠 53
- 15 外面的世界真精彩 55
- 16 留影 58
- 17 尾巴 60
- 18 熊熊 63
- 19 大男孩和两个猫咪的故事 65
- 20 小伙儿与熊熊的故事 68
- 21 中秋访熊熊 70
- 22 待客之道 73
- 23 自然天成（1）76
- 24 自然天成（2）78
- 25 防火防盗防 Findus 80
- 26 洗澡 82
- 27 享受艺术 84
- 28 洁癖 87

- 29 关于吃 90
- 30 关于睡 93
- 31 关于『拉撒』96
- 32 送别陈皮大元帅 99
- 33 爱猫者 101
- 34 投药记 104
- 35 独处 105
- 36 真朋友 107
- 37 谜一样的猫 110
- 38 躲猫猫 112
- 39 享受过程 115
- 40 为爱改变 117
- 41 来点小伪装 119
- 42 动物聚会 122
- 43 只愿带给你欢笑 125
- 44 食虾记 127

- 45 夜闹 130
- 46 泡澡 132
- 47 挂钟 135
- 48 伺寝 137
- 49 小壁虎 140
- 50 观影 143
- 51 多变的魅力 145
- 52 自由行 149
- 53 真性情 153
- 54 活着 155
- 55 陪伴 158
- 56 遭遇不测 161
- 57 住院十日 163
- 58 一天天好起来 166
- 59 疗伤 168
- 60 礼物 170

- 61 感恩 172
- 62 守护 174
- 63 隔离 177
- 64 按摩 180
- 65 情多多的咬 182
- 66 我生气了 184
- 67 究竟是什么关系 188
- 68 绝育手术 192
- 69 我的猫孩儿 199
- 70 疫情中 205

后记 217

猫咪代跋 212

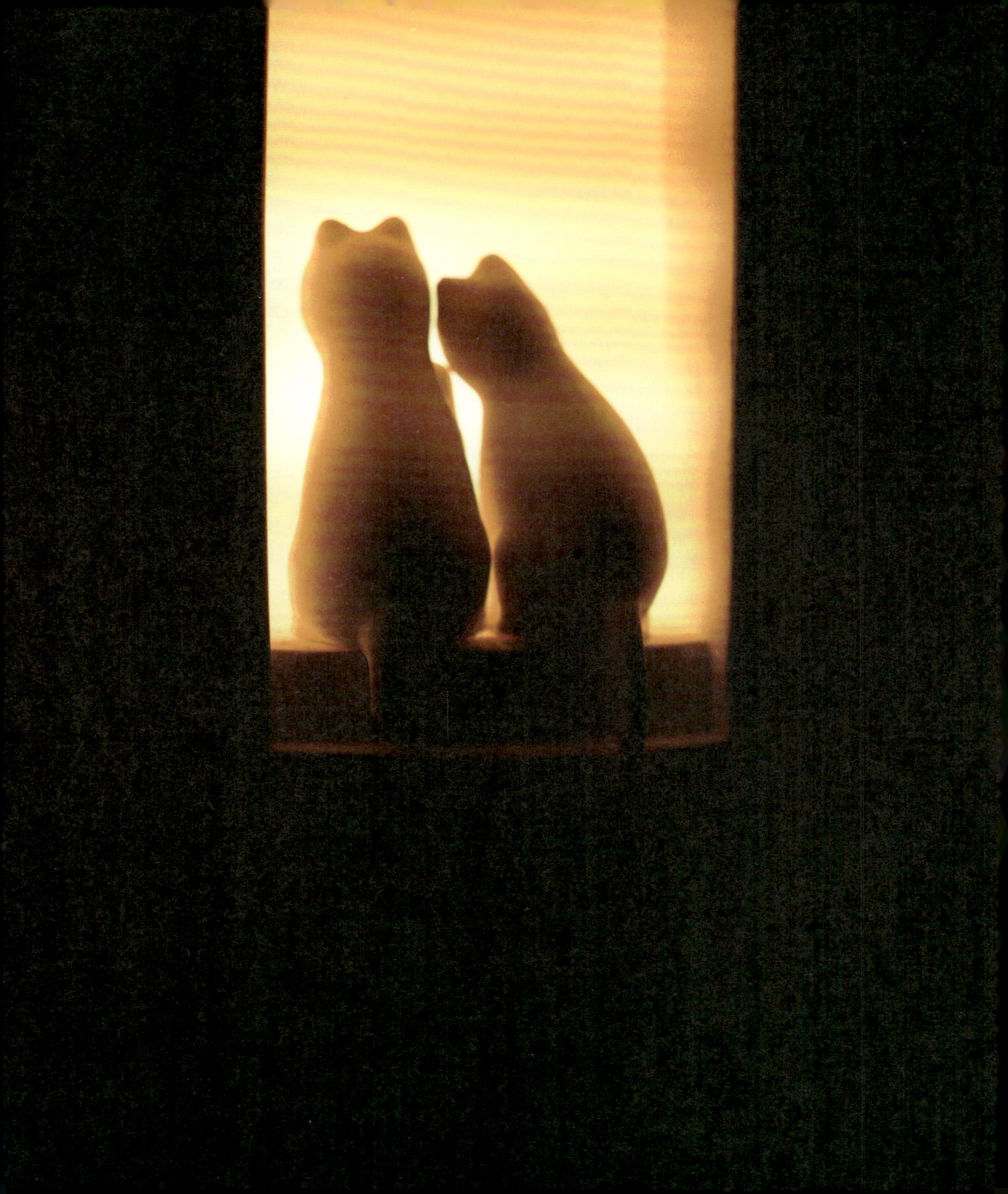

序一

梁永安

猫与人类相伴相生，将近一万年。世世代代，人们与猫的关系不断演化，从开始时的捕鼠能手，渐渐升华到灵魂伴侣，越来越灵动，俨然化为人类文化生产的一部分。迪士尼动画片《猫与老鼠》、夏目漱石的小说《我是猫》、韦伯的音乐剧《猫》、沃霍尔的画集《二十五只叫做 Sam 的猫和一只蓝咪》……印象颇深的是日本小说家村上春树，二十多年前他去欧洲旅行，只能把爱猫托付给相熟的出版社编辑。这编辑一口应承，却有个精明的条件：村上春树回来时，要用一部新写的长篇小说取猫。村上果然不食言，从欧洲返回后交出了流行大作《挪威的森林》。这本小说在中国畅销了十九年，卖了四百余万本，谁能想到，它的第一功臣，竟然是一只猫呢？

这本《妈咪大人的猫咪札记》同样源于猫，一只名叫 Findus 的小公猫。不过，这只猫的幼儿时代远没有德国动画片《芬达猫与派德森》（Findus and Pettson Series）里的那只同名猫咪幸运，它被发现时正在上海湖南路蹒跚而行，

"满是眼屎，耳朵里流着黑糊糊的脓水，头顶还有个大包"，显然是一只备受打击，惶惶不可终日的流浪儿。这是2017年1月22日，隆冬腊月，作者的女儿女婿猝然看见了它，瞬间不忍移目，怜怜抱起，心急火燎地送到宠物医院。从此，猫与人的生活都改变了。

读这本书，一定要有充分的心理准备，每一段每一字，尽是一家人与Findus的深情互依。"深情"二字都言不尽意，完全可以说是浓得化不开的"亲情"。作者看到Findus，抱过来暖洋洋地想起自己的母亲："她当年到国际妇婴保健院接我和刚出生的大宝，高兴得竟抱着大宝一路小跑。家离医院近，路上熟人多，母亲喜形于色地向每个认识的人宣告：'是女孩！是我们想要的女孩！'有人笑她：'怎么比生个孙子还高兴？'一晃四十年，往事仍犹如昨日……今天我也抱着我们的孩子，有人说这野猫又不好看，倒不如去买个名种猫。对这些不懂得尊重生命的人，我懒得说教。"

我读过一些描写猫的文学作品，像这样把一只野猫称作"孩子"、与自己女儿的出生融化在一个画面，疼爱到命名"小宝"的，还是头回看到。尤为别样的是，这只猫"不好看"，"颜值"远远达不到招人怜爱的水准，这就不得不归因于本书作者的悲怜心怀。这悲怜不是强者对弱者的居高临下，而是备尝人生艰难的相惜之心。出生江南，爱过恨过，童年时听着苏昆、少女时看着"阶级斗争"的刀光剑影、成年后伴着改革开放的阴晴风雨……作者一路走过，尘埃落定，心灵深处愈发珍惜世上那份最朴素的温情。她爱Findus，因为这小猫身世坎坷，但飘零中仍然保持着"爱"的心意。来到家中，它惧怕"各种刺激味儿"，家里有"十个大的中药香囊"，让它"仓猝惊愕"，跳上厨顶"胡子乱抖"。然而，看到主人对枕边的薰衣草依依不舍，它还是理解了，"一个

晚上，Findus 第一次挤到我身旁，在他讨厌的薰衣草味和喜欢的人中，他选择了后者。至此，我敢说，猫咪是有理性的。在理性的抉择中，Findus 仍然将感情放在首位。为了爱，他真的可以适应、可以改变，甚至牺牲。"人和动物之间，不再是单向的溺宠，而是一个大课堂，生命在爱中彼此阅读，彼此发现，打开的是乔治·桑所说的那种境界："用美好的感情和思想让我们升华，赋予我们力量。"

Findus 是只小公猫，到了春暖季节自然想谈恋爱。新家楼下有好几只小母猫，它一眼就看中了那只"小花"："那是一个夕阳西下的黄昏，Findus 随我下楼。打开铁门，这小小的弄堂，对 Findus 来说，就是一片新天地。他抬头使劲呼吸着新鲜空气，炯炯有神的双眼，睁得好大好大，想把一切的美好全都摄入眼帘。忽然，他直奔斜对面大门旁的窗下，原来窗前端坐着一个漂亮的小花猫。Findus 伸长脖子凝望，小花低头盼注，两两相望，脉脉不语，足有一分多钟，谁也没动，好像只想把对方深深地刻在心里。真是相思长有事，及见却无言。下一秒，Findus 走上前一步，'咪哦'一声，拖得长长的昆曲调。委婉、甜美的绕梁之音，让我的心颤了一下，触类返思，好像觉得自己也在恋爱中。咱 Findus 以男士的气派在沉默中先打了招呼。小花无法再矜持，她从高高的窗台上一跃而下，翩然竟来。两个年轻的生命，两个孤独的单身者，就在这一刻，相依相偎，心低徊之。"初见如此美好，然而如同所有的小公猫，到时候不得不给 Findus 做绝育手术。从此，一对相爱的猫只能伤感地相望，"在 Findus 割了蛋蛋后，她仍常会来我家窗下，在院子的围墙上翘首盼望，恋恋有故人意。"Findus "也会送去一瞥"，空留余恨。作者的笔触，在这里略感伤怀，"也觉得自己不太厚道，有时也会为此犯抑郁"。笔下写的是猫，道出的未尝不是人间生活的滋味。八百多年前辛弃疾写过："叹人生，不如意事，十常八九。"若是徘徊流连于失去，生命永远没有春天。这本视觉温润的猫书，字里行间有一道光，明亮地照射在 Findus 的举手投足，释放的却是对生活无限挚爱的真心。温善的人总是有温馨的联想，从不会以"最坏的恶意"揣测人。书中写到 Findus 生病，它绝不打扰家人，躲在床底下不肯露面。它懂事的身影，让作者想起自己的父亲，"身体羸弱，一生坎坷，至性不移的父亲，无论是遭遇诬陷，还是身患重病，甚至自知抢救无效，已气如游丝时，仍不忘笑着安慰我们：'我蛮好，勿会有啥事体咯，挺挺就过去了。'"给他人的笑容总是如此温馨。为什么我们经受过那么多薄凉，还是深爱着这个世界？不正是感动于这份单纯的情感？养猫养出了一家人的感觉，时光忽然接通了四面八方的生灵。

　　与猫生活其实不容易，它与狗不同，不愿意察言观色，努力去迎合主人的喜好。从性格的角度来说，猫的意识中有没有"主人"这个念头都是疑问。家庭能养的动物，猫是最有独立性的，与猫相处，也是培养人的"平等"观念的上佳方式。Findus 不断争取自己"猫权"的斗争，也是这本书风趣丛生的亮点。它来到新家，作者"花了一个下午，用牛仔布为他量身定制了一条背带裤。自鸣得意地想着他穿上后的人模猫样，竟笑出了声。一旁的 Findus 看我笑得诡诈，凑过来闻了闻背带裤，不置可否。我告诉他：'这是闻名欧洲的 Findus 的牛仔背带裤，穿上后你就是大明星啦。'我一面炫耀，一面将他的两条腿先塞进去。他完全不领情，竭力挣脱，无奈背带缠在腰间。怒气冲天的主子，直立起身子，以急速跳跃的滑稽动作，抖动缠裹的背带。终于卸去后，他钻到床底下，几天都不和我说话。"这只"道法自然"的小公猫，以沉默告诉人类，它的自由不容剥夺，谁都不能把它变成一只"人化"的猫。一家人顿然领悟，Findus

有矜持有尊严，给它"穿上衣裤，是累赘，更是荒诞又痛苦的事"。从此，Findus 不再被改造，过上了和人类平起平坐的自在日子。很喜欢这种夹叙夹议的日常记录，丝丝缕缕中渗透着对生存、生灵的反思。如果 Findus 也会阅读，它一定会感谢这一家人推己及人的淳朴仁道。

  Findus 还年轻，正当"猫生"的盛年。这本书里写的事儿都是过去时，前方还有悠长的未来时。在与人的相伴中，它还将演绎出形形色色的精彩。人与它有越来越多的分享，在 Findus 十分喜爱的莫扎特乐曲中，一个个晨昏打开又离去。大上海的街巷里有多少猫？作者写下的不仅是自己的心意，也是大城里万千生灵的共情。一切书写皆是冷暖，文字背后，是人们悲欣交集的人生。读这本《妈咪大人的猫咪札记》，久久难忘的不仅仅是猫，更是用爱一笔笔描画出来的静好岁月。

2020 年 4 月

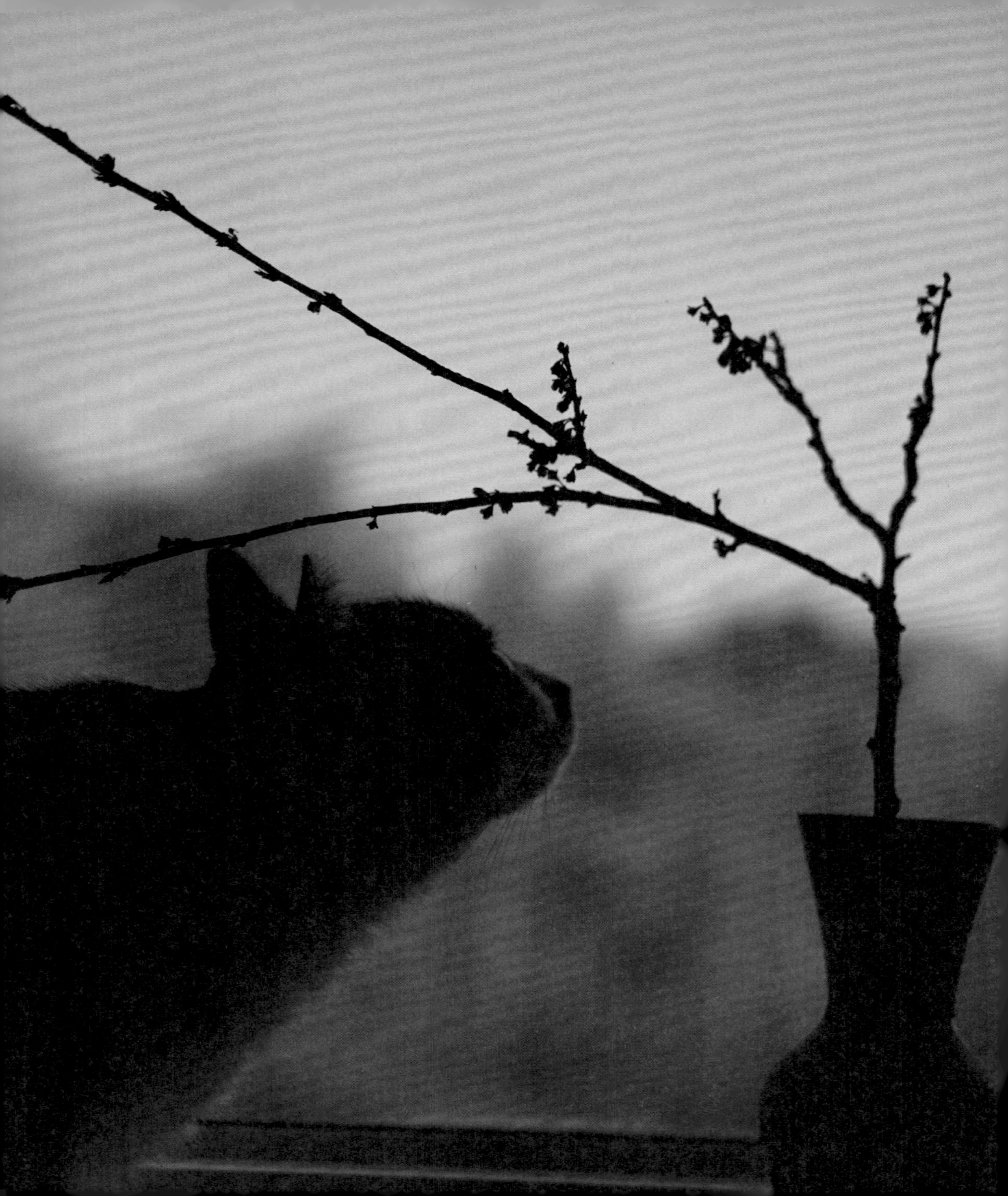

序二 姆妮的故事

褚潇白

这本小书记录着我的母亲（妈咪大人）和小猫 Findus 两年共同生活中的点点滴滴。Findus 又叫姆妮三世，那是因为在三十多年前，我们的第一位猫咪朋友名叫姆妮。母亲嘱我为本书作序，我想，就写写那一位姆妮的故事吧。虽非"三生石上旧精魂"，也终是个前因的交代，所有念想的缘起，以及，一种期待中的归来。

1. 初见

第一次见到姆妮的时候，他是瘦骨嶙峋的小野猫，我是芦柴棒样的小学生。那是 1980 年代末的一天，中午放学路上，一群和我差不多岁数的孩子追赶着一只小黄猫。孩子们步步逼近，小黄猫慌不择路，逃到楼房里，蜷缩在墙

左图 半窗疏影，一梦三世

角，圆睁着惶恐的眼睛，厉声尖叫。我推开孩子们，一把抓住小猫的后颈皮，拔腿就跑。那是一小块温温热热的后颈皮，是我生平第一次碰触到的，一个不同于我的小生命。我紧紧抓着他，以最快的速度往家的方向冲刺。那时的我坚信：只要这只小猫和我在一起，就不会再有任何危险。这大概就是孩子吧，那么相信自己可以保护另一个生命，甚至可以给另一个生命以幸福。

气喘吁吁跑进家门，长年病假在家的父亲温柔地看着我和我带回的小家伙。每天中午，父亲把母亲一大早准备好的午餐回炉加热，等着放学回家吃午饭的我。那天饭桌上出现的是难得一遇的鸡肉。父亲扯了一块厚实的鸡皮扔在地上，小猫立即大口大口嚼起来，很快就下肚了。"他一定饿坏了"，父亲又扔一块鸡皮，也随即被消灭。父亲好像舍不得再给他第三块鸡皮，不过，他答应了我的请求：允许小猫住到晚上，等母亲回来再决定去留。午饭时，我故意吃得很慢，等父亲吃完进屋之后，我将父亲省给我的一块鸡肉，连同自己碗里的鸡翅，一起喂了小猫。下午，我忐忑不安地回学校上了两节课，下课后又全速飞奔回家。父亲信守承诺，小猫蜷在厨房的小藤椅上，睡得正香。

那天下午剩余的时间，我全部用来盘算，如何才能说服母亲，让她接受小猫。母亲每天天不亮就要起床买菜做饭，为父亲和我准备好一天的食物，再匆匆赶去上班，晚上下班回来还要照顾我们。再来一只小猫？她会接受吗？我准备了一肚子说辞，赶到母亲公司的班车站去等她。从班车站走回家的那半小时，也许是我人生第一次体会到什么是"心乱如麻"和"口不择言"。直到母亲踏进屋子后，我一颗悬着的心才半截子落地，因为她看着小猫的眼神里充满怜爱。果真，晚饭后，她就忙着给小家伙洗澡。这一洗可不得了，只见他湿漉漉的毛上沾满一粒粒黑乎乎的东西。那是跳蚤。完了！一旁的我又提心吊胆起来，生怕小猫被素来极爱干净的父母嫌弃。洗了好几遍，情况仍无好转。那些跳蚤就像是从小猫的毛上直接长出来的，密密麻麻铺了一层，怎么都赶不走，洗不掉。从小最怕这些密集在一起的小虫子，但这次，我撸起袖子，准备大干一场：看我一个个掐死你们这些坏蛋！母亲笑了：你这要掐到猴年马月啊，我明天用专业方法除虫！母亲是在实验室工作的，她当然有自己的专业手段。第二天，在酒精的作用下，跳蚤死光光，乖乖地离开了我们的小猫。母亲还不放心，为他买了防跳蚤项圈，项圈上还别出心裁地拴上一串小铃铛，在小猫皮包骨头的脖颈儿上叮当作响着晃晃荡荡。他起初很不喜欢，拼命摇脑袋，但越摇铃铛响得越起劲儿，他只能无奈地趴下，巴巴看着我们。

那时的他还没有自己的名字。我们叫他"咪咪""猫猫"'喵喵'，他都不理会。有一天，我蹲在家门口看蚂蚁搬家，浩浩荡荡一大家子，气势撼人，便大声用上海话招呼母亲过来看。哪知母亲还未听到，小猫就急匆匆赶来了。上海话的"蚂蚁"发音类似于"姆妮"，小黄猫认准了这就是他的名字，不看蚂蚁，只盯着我，好像在问：你叫我干什么？赶紧吩咐吧！从此以后，只要他听到我们叫"姆妮姆妮"，就会快速来到我们跟前。就这样，他选择了自己的名字。

那年代，没有专门的猫粮猫砂。我负责每天到菜场向卖鱼的小贩们讨些鱼内脏，有时还能额外得到些鱼头鱼鳍这样边边角角的东西。母亲把这些鱼零碎和更多的冷饭拌在一起，煮一煮，立马冲出一股腥味儿。母亲说，这么腥啊，怎么吃得下。顺手操起料酒，加一勺，去去腥。又担心味道还是不好，再撒上几颗盐，几粒味精。那时的我们哪里懂得，味精不能吃，盐也要少吃。不过姆妮决不挑食，给啥吃啥，几根鱼骨头也能啃得津津有味，连鳝鱼骨头都成了他的美食。猫砂则取材于菜场边的大饼油条摊。每天中午放学回家路上，我都乖巧地叫那摊主"大伯伯好"，然后就趴在大火炉子底下取走厚厚的煤灰渣子。摊主并不吱声，唯有一次，叫我轻着点儿，别把灰扬得到处都是。我回家也跟姆妮说，你嘘嘘嗯嗯后动作轻点儿啊，别把灰扬得到处都是。家里小，卧室自然不适合放他的便便盆，卫生间也容不下，只能搁在兼有餐室功能的小厨房里。母亲在那儿做饭，我们在那儿吃饭，他的便便盆就搁在我们的小餐桌底下。幸好姆妮懂事，好像听明白了我的告诫，每次解完手就轻轻用煤灰把臭臭盖上，然后小爪子抓着盛煤灰的塑料盆边缘，啪啪掰两下子，算是便后洗手了。

　　他认准自己的便便盆，绝不在别处解手。一次我们带他去朋友家做客，没把他的便便盆带上。朋友为他准备了放煤灰的纸盒子，但他嗅了一下就再不问津。晚饭后回到家，刚进屋，他急不可耐地蹿到自己的煤灰堆里，来不及像往日那样扒弄准备一番，就毕恭毕正地蹲坐着，闭着眼，酣畅淋漓了一把。记得他仅有一次出格，把粑粑拉在了卧室里，却也完全是我的错。那天下午，我独自在家，关了卧室门，和他一起呼呼大睡。哪知我从午后一直睡到晚上，可怜的姆妮大概千呼万唤都没能把我叫醒，最终只能随地解决了。起床后，我发现大事不妙，忙不迭地紧急处理：粑粑转移到煤灰堆里，尿尿用十几张草纸抹干。这般"毁尸灭迹"后，我趴在地上，仔细嗅嗅，觉得余味尚存，便又拿来整瓶花露水喷在作案现场。刚收拾停当，父母正好进门。两人连打几个喷嚏：怎么回事，满屋子浓香！经不住他们再三逼问，我只得从实招供，心想这下姆妮恐要挨打了。没料到，这两人听后，笑得直不起腰，一个搂着我，一个抱着姆妮，把我俩亲了又亲。

2. 小 D 叔叔

　　姆妮是那么乖巧的小猫。可是，不知为何，父亲却决定把他用绳子拴起来。一根一米左右的塑料绳，就这样规定了姆妮的活动范围。在此范围内，只有他睡觉的纸板箱、食盆和便便盆。我向父亲抗议，却被他轻易驳回 这个捣蛋鬼，你们白天都不在家，我被他折腾坏了。姆妮用他自己的方式向父亲抗议：直接干脆地咬断了塑料绳。于是，父亲弄来一根和我的手腕差不多粗的铁链子，这下，无论姆妮有多尖牙利齿都无济于事。我向母亲求情，而她也无可奈何：爸爸生病，我们不能让小猫再累到他。我只能眼睁睁看着小小的他，颈项上拖着沉沉的铁链，在不到一米见方的空间里蹒跚挪步。拖在地上的铁链有时会弄翻他的食盆和便便盆，父亲就不耐烦地骂他。我不敢为他辩护，生怕加重父亲对他的埋怨，唯一能做的是弓身收拾被打翻的一地凌乱。姆妮也决不吱声为自己抗辩，他会来到我腿边，轻轻地，柔柔地，蹭蹭我。

　　也有获释的时候。那就是小 D 叔叔来我家的时候。小 D 叔叔是父母的挚友，有时周末来我家吃饭聊天。他每次进门后第一件事就是为姆妮松绑。这是小 D 叔叔一个人的特权，只有他这么做的时候，父亲不加阻止。而且，只要他一来，母亲就会加个菜，连姆妮都能分到一杯羹。平常，父母不允许我把食物给姆妮，但小 D 叔叔有这个特权。到了冬天，我们围炉吃涮肉，他甚至还有权把血淋淋的生羊肉分给姆妮。小 D 叔叔是大学生，人长得帅，聪明，又见多识广。只要他一来，久病卧床的父亲就有了生气，两个人总能天南地北、海阔天空地

妈咪大人的猫咪札记

序二　姆妮的故事

聊很久。有一次，小D叔叔带来一盘磁带，神秘兮兮说是"此曲只应天上有"。父亲一看，是邓丽君，神色便显出些鄙夷。他是西方古典音乐迷，平时家里乐声不断，但从不听流行歌曲。在小D叔叔的一再坚持下，父亲还是妥协了。家里响起了邓丽君柔美婉转的歌声。父亲显然喜欢上了这歌声，啧啧称叹，母亲也搬了椅子来听。我和姆妮更是喜不自禁，先后跳到床上，和着歌声手舞足蹈。

那两年，我和姆妮几乎天天盼着小D叔叔来家里。对姆妮而言，小D叔叔的出现不仅意味着美味佳肴和自由时光，而且还有女朋友。他是异常聪明的小家伙，观察我们开窗的动作后，自己尝试了几次，就学会用两只小爪子顺着窗把一按一推，再以脑袋带动整个身子顶开窗户。窗外的世界里有花花草草、虫虫鸟鸟，还有一位钟情于他的女猫咪。他们很快开始热恋，姆妮经常带着这位女友来家里分享食物。也有几次，他索性在外留宿，到清晨才一脸倦意地回家。母亲在农科院工作的朋友说，猫咪大了会往外跑，终有一天不再回家，所以得做绝育手术。母亲犹豫了半天终于作出决定。一天，我放学回家，看到姆妮哆嗦着盘在沙发边，全身的毛被汗水浸透，眼中布满惊恐。第二天，不知内情的女猫咪来找他，在纱窗外身姿摇曳，又柔声轻唤。姆妮一反常态，隔着纱窗呲牙咧嘴，甚至几次凶巴巴腾扑过去。女猫咪懵懂而退。

失去了男性特质的姆妮依然喜欢自己开窗外出，但再也不带女友回家，倒是经常衔着猎物回来孝敬母亲。我们很佩服他的捕猎技能，他甚至还能在嘴里叼着麻雀的情况下，自己从外侧打开窗户，跃入家中。他每次这样成功捕猎后，都会得意地把麻雀放在母亲脚边。母亲见不得他杀生，就拔高嗓门呵斥他。其实常见的情况更血腥：他并不咬死自己的猎物，麻雀受了伤，挣扎着，哆嗦着，羽毛在屋里四处飞扬。有时实在看不下去，母亲也会出手打他。姆妮不知何故

左图　姆妮一世与大宝的唯一合影

挨揍，气得胡子乱颤，胡须上粘着的鸟毛也一齐上下舞动。过几天，逮着外出的机会，这不长记性的孩子又会抓回一只麻雀，恭恭敬敬放在母亲跟前。

小D叔叔不来我家的日子，姆妮就像根腌黄瓜似的晾在自己的纸盒里。我也蔫蔫的，打不起精神。我和他一样，整天巴望小D叔叔来家里。我还盼望自己快快长大，长成可以做小D叔叔的女朋友。这个秘密，我只悄悄告诉过姆妮：现在我十岁，小D叔叔二十七岁，如果我长得快些，终有一天我会成为他的女朋友，你说对吗，我的小姆妮？！

其实，那时的小D叔叔是有女朋友的。他带着她来我家，又请我们一家去舞会，看他和她跳交谊舞。她穿着一条飘逸的鹅黄色长裙，他搂着她，全场翩翩。妈妈在一旁说，这条黄裙子真美，是女孩的阿姨在香港给她买的。香港？我记在心里，长大后一定要去香港买漂亮裙子。我还记得，那天舞会结束后，小D叔叔向我许诺：你再大些我就教你跳舞，等你十八岁的时候一定是舞会皇后！回到家，我两手抓着姆妮的前爪，让他两条后腿像芭蕾演员那样笔直站着，和我一起踏起舞步。到十八岁自己就能成为舞会皇后，不，是成为小D叔叔的女朋友！

然而，这个愿望未能实现。在我十一岁的时候，他就因车祸离世了。很多年后的2007年，第一次到香港，我给自己买了一条鹅黄色裙子。

他离开我们是在1980年代最后那个初夏。那个春天我一直心神不宁。学校在年初突然接到通知，我们这一届五年级学生当年就要参加小升初考试，秋天得去中学就读"小初一"。爸爸和妈妈都说，考不进好中学，就上不了大学，我们家就没啥指望了。只有小D叔叔对我说，别老趴着弄作业啊，多和姆妮玩玩。他不知道，让我心神不宁的不仅仅是毕业升学考试，更是因为他。他比往常来得更勤了，但和以往不同，他经常一声不吭地坐在沙发里抽烟，一支接着一支，吐出各种形状的烟圈。姆妮起初好奇，跑跳过去抓圈圈，扑了几个空后就知趣地坐在他身边继续观察着。吃饭的时候，小D叔叔也不怎么说话，只是默默地把一些小荤小肉扔给桌子下的姆妮。有一个傍晚，他和爸爸边吃晚饭边看新闻联播，看着看着，两个大男人竟然一起落泪了。几天后，小D叔叔告诉我们，他准备去澳大利亚。我因此抱着姆妮哭了很久。

7月初的一个夜晚，小D叔叔来我家送药。他的澳洲签证下来了，很久未见的笑容又浮现在他脸上。那天，父母、我和姆妮四个如往常一样，目送他骑着自行车消失在黑夜中。

小D叔叔再也没回来。那浓黑的夜幕吞噬了他。从此，我经常梦见，他骑着自行车，越骑越快，就像展开了清晨的翅膀，飞去了遥远的国度。

3. 分离

小学考初中，考场设在离家不远的中学。开考前，五年级两个班的学生在老师的带领下，从就读的小学排着齐整的队列，步行前往考场。途中经过家门口，远远望见家里那灰色铁门敞开着，父亲和姆妮站在门边。等不到小D叔叔的姆妮失去了户外活动的机会，骤然肥硕之余，性子也迟滞了许多。父亲的病情急转直下，严重肾衰和大量激素药物使他不仅浑身浮肿，以致五官不再英挺，连眼神也越来越木讷空洞。当我们的队伍浩浩荡荡经过他和姆妮身边时，我忽然不忍心看他们，索性埋头走了过去。

终于进了一个还算不错的初中，那里的考试极具仪式性：每场考试的座位都是按前一次考试总分名次排定的。全年级六个班分坐在十二个教室，第一至二十四名的那个教室是"头等舱"，其中第一列六个座位当然是"头等座"。初三之前，由于历史、地理计入总分，进入"头等座"对我而言并不困难。后来，这两门被撤出，引进的是物理和化学，于是每次都要经过一番厮杀才能抢座成功。也有彻底失败的时候，有一次连"头等舱"都没保住，那悲恸啊，仿佛泰坦尼克号沉没。不过，那时的父亲已经只会整天直勾勾地望着天花板，无论我考得好，考得差，他都面无表情。

父亲病情恶化，换肾迫在眉睫。好不容易肾源和手术费到位，而我们一家也要分开了。母亲白天继续上班，晚上去医院陪夜。我被交托给外婆，但外婆并不愿接受姆妮。那天早上，姆妮似乎预感到什么，拼命撕咬，不让任何人靠近他。我和母亲只能狠着心，硬把他塞进一个大米袋，拎着去了新主人家。那家人因为屋子闹鼠灾，所以盼着姆妮去为他们消灾降福。姆妮没让他们失望，老鼠死的死，逃的逃。大概也正因鼠灾已消，姆妮很快就被那家人扫地出门，转手给了另一家有鼠患的。我找了很久才在一间脏乱油腻到令人作呕的公用厨房里见到他。他被一根麻绳牵着，绳子的一头系在灶头上方，另一头紧紧勒住他的脖颈儿。绳子太短，姆妮只能一直仰着脑袋。看到我的刹那，他瞳孔放大，用一种从未听闻的声音向我哀嚎。没与任何人商量，我解开了绳索，带着他离开那里。

可是，我们能去哪儿呢？

那天下午直到深夜，尽管我磨破嘴皮子，外婆还是拒绝接纳姆妮。姆妮似乎也不喜欢外婆家，他几乎无间断的厉声尖叫，吵得外婆和阿姨一家无法睡觉。快午夜了，我只能决定让他重新成为一只野猫。分别的那刻，我涕泪纵横。姆

序二 姆妮的故事

上图 姆妮四世与大宝的合影

妮却忽然平静下来，步履轻盈地走向新村里的绿地，没回头看我一眼，就逐渐隐入黑夜。

我以为这是我们的永别。哪知第二天一早，我去阳台晾衣服，一眼看到一只大黄猫翘着条后腿，在楼下人家院子里尿尿。这小子，原来不仅没远离，而且已经在这里划起地盘，准备称王称霸了。我狂奔下楼，一路大声叫他的名字。待冲到底楼，见他已在楼道口等着我，两条前腿并并拢，大尾巴甩在身前，站

得恭恭敬敬。

就这样，我和姆妮每天在外婆家的新村小区里约会，只要我呼唤他，无论他原本在哪里，都会很快出现在我面前。有时候见他从很远的地方向我飞奔过来，有时候根本不知道他从哪里钻出来，我话音未落，他已摇摆着尾巴在我腿边蹭啊蹭。我带小鱼小虾给他，他每次吃完洗好脸，就兴致勃勃又不乏得意地给我表演自己的各种捕猎技能。他最拿手的是爬树，助跑后"腾"一下跃上树干，再像壁虎般"噌噌"往上爬。但是，每次轻而易举上树后，下树总是件烦恼事。上树像头虎，下树像条虫，笑得我前仰后合。

移植手术后一年多，我们全家终于团聚了。然而，父亲好像完全变了个人，经常间歇性精神失常，对母亲和我拳脚相加是家常便饭，更别说对姆妮这个弱小的猫咪了。幸好姆妮是个容易忘事的孩子，始终还是快活的。哪怕对恶待自己的父亲，只要他恢复平静，就依然温顺地依偎在他身边。

因为反复感染排异，父亲经常住院抢救。我开始在心里默默预备着一场别离，仿佛对分别的预演会减轻痛苦的程度？然而，当别离真的来临时，还是那么猝不及防。我甚至没能送父亲最后一程。当我赶到医院时，他已经离去了两个多小时。他躺在那儿，我呼唤他。他那早已合上的眼里落下一滴泪珠，顺着脸颊缓缓下滑。我继续呼唤他，我想牢牢记住他脸部的所有线条和细节，不让他从我生命中消逝而去。可是，多年以后，尽管我拼命回忆，父亲的脸还是依稀远去，唯有那一滴泪珠，如此真切地缓缓滴落在记忆深处。

父亲离去后的第三个月，姆妮也和我们分离了。黑黢黢的夜里，他像往常一样，自己开窗外出。但是，第二天早上，他没能像往常那样回家。新村的角角落落传遍了我和母亲的呼唤，姆妮姆妮……一周以后，我和母亲丧失了猜测各种可能性的勇气。他和父亲，还有小D叔叔，应该在遥远的国度团聚了吧？

父亲和姆妮相继离世后，很多次，母亲垂泪说：那时候如果没有姆妮……有一次我终于问她：如果没有姆妮，会怎样？她说：不知道，我可能会撑不下去……这回答没有让我感到惊讶，因为那的确是极度黑暗的日子，而姆妮，是那近乎绝望中永远活在当下的快乐生命。

姆妮的故事似乎就这样结束了，然而，在我和母亲之后的生活中，姆妮的故事其实继续着。1996年，我去高考，高考作文题是《我的财富》。我毫不犹豫地写了我的姆妮。考场外焦急等待着的语文老师得知我竟然写了一只猫，大有"竖子不足与谋"的忿怒，并预言我会挂科。后来，这篇作文得了高分。我想，当年的阅卷老师或许与这充满灵性的生命也有过非凡的情谊，即便没有，也一定懂得这份超越一般财富之"财富"的意义所在。

没错，姆妮只是一只小猫咪，就像现在陪伴着病榻上的母亲的Findus，他们都是不会人类语言的小猫咪，但却能给予我们慰藉和喜乐，特别是在我们行过死荫幽谷之时。这慰藉与喜乐，有着安恬而温柔的力量，带给我们存在的勇气，让我们在说不出的叹息中仍然对这个世界怀有深情。

2020年6月

猫咪代序

吾是上海猫,生在湖南路。
兄弟姊妹多,奶水勿够吃。
姆妈狠狠心,只好勿管吾。
独自闯江湖,心里吓唠唠。
为了填肚皮,常常偷又抢。
天冷呱呱抖,无处可躲藏。
群猫来围攻,讲我占地皮。
逼到角落里,打得鼻眼青。
公猫驱逐吾,怕吾长得快。
越来越神骏,抢走伊老婆。
社会大学堂,教吾打群架。
趟着过混水,只为能苟活。

长夜无处去,流浪在街头。
路上鬼怪多,红眼瞪绿眼。
魔兽实在大,叫声震耳聋。
横冲又直撞,个个想吃吾。

猫咪代序

吓得索索抖，啊呀娘救我！
晕头转向时，已在人怀中。
声音轻又柔，温暖遍全身。
喵喵乖巧依，只求有人养。
男女抢着抱，看来有苗头。
拜拜猫朋友，各自多珍重！
去到诊疗所，全身大体检。
努力配合查，不发一点声。
吃药又打针，实在小意思。
爷娘心痛吾，医生连连夸。

回到屋里厢，上下弄适意。
一顿饱餐后，抱头就困觉。
醒来又是吃，日脚真好过。
白相玩具多，还可撒撒娇。
尤其是外婆，隔代宠煞吾。
起名Findus，姆妮又三世，
小宝肉疙瘩，心肝狗猫猫。
胡子哥团团，巴依大老爷……
多得难记牢，照单吾全收。
反正嗲嗲声，就是呼本爷。

妈咪大人的猫咪札记

搬到新屋里，房子好几间。
由吾上下挑，都想留爷困。
每早吃大虾，夜夜有娘陪。
只有一桩事，气得呼嗒嗒。
外婆馊主意，叫来胖屠夫。
割我小蛋蛋，还讲为我好。
痛是小事体，熬熬就过去。
情窦刚初开，扼杀摇篮中。
从此无性趣，众猫看勿起。
任人去评说，只为当下活。

白天看风景，世界真奇妙。
麻雀满树闹，松鼠跳探戈。
蝉鸣蟋蟀叫，合唱真闹猛。
跟着老外婆，门口兜兜风。
树下正乘凉，水蛇来挑逗。
本猫不吃素，决斗分王寇。
从小练武功，格斗吾专长。
侬若不犯吾，任侬去逍遥。

栽在吾手里，活该见阎王。

爷娘去国外，只有外婆陪。
总是记着仇，心里不痛快。
看看老太太，体弱又多病。
为吾样样做，从来不埋怨。
敲背梳毛毛，还要挠痒痒。
哪里勿到位，马上一口咬。
想想勿应该，主动道个歉。
吾头蹭蹭伊，伊就轻骨头。
都是一家人，和睦就开心。

天天等娘亲，总是一场空。
今朝外婆笑，肯定有好事。
门铃一声响，爷娘统统到。
吟段苏昆曲，来个伦巴舞。
开箱翻包忙，乐煞小宝贝。
虾米小鱼干，味道鲜得来。
有娘真是好，做梦也想笑。

23

猫咪代序

1 初来乍到

2017年1月23日清晨，雾霾重重。明天，就是母亲离开一周年的日子了……女儿的来电，将我从悲痛的思念中拉回：昨晚外出散步，见湖南路上有只小猫来回乱窜。情急之下，她和先生拦住过往车辆，抱起小猫，见他满是眼屎，耳朵里流着黑糊糊的脓水，头顶还有个大包，就赶紧送往医院。

其实，在此之前，女儿就说她无法再忍了，一定要养个猫咪，但我竭力反对。那天，我俩在淮海路上走着走着就争了起来。一气之下，我拂袖而去。很多年前，我们陆续养过两只橘猫。在难熬的贫病中，是大橘猫姆妮给我们带来了欢笑；小姆妮则是个烈女，因为怕她走失，我们曾把她关在小屋，不料她就拼命撞门。那斑斑血迹警告我们——这样做，门儿都没有！她们最后的离去，至今都让我悲痛难忍……知道自己

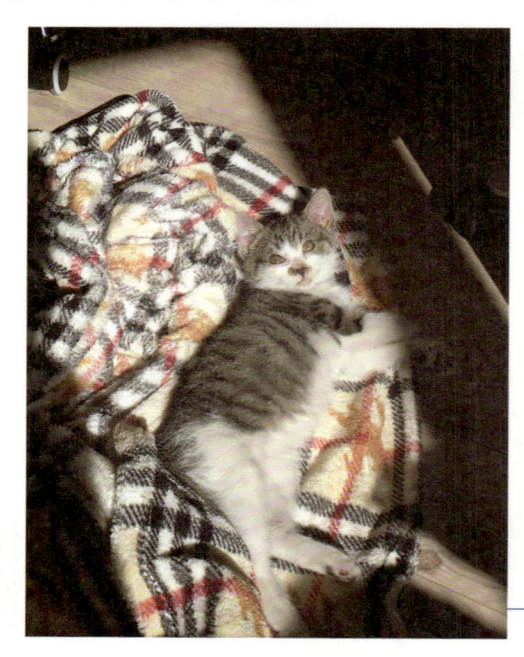

无法再承受失去爱的打击，所以一直不敢领养猫咪。

如今，这个小家伙不请自来，是什么滋味真说不清。急匆匆出门，去超市买了袋幼猫粮，屁颠屁颠地赶去女儿家。一进屋，就见这小不点儿在沙发上，蜷着背，幸福地呼噜着。我习惯性地伸手去撸，他回敬我舌面带着倒刺的轻舔。一股暖流顿时直涌心头。其实一看到猫，我就是个轻骨头，经不起一点点诱惑。仔细看看，他脸上的毛色有点怪：左眼下一坨褐色的毛，像是刚被打肿的脸；鼻子边两撮深色的毛，就好似小屁孩流鼻涕时，用手背去擦后留下的鼻涕干。哈哈！活脱脱一个刚打完架回来的野孩子。他不漂亮，难怪后来好友昵称他为丑丑，甚至从《聊斋志异》里那个黑丑妇人获得灵感，为他取了个"乔女"的别号。但这并不影响我对他的喜爱，因为，无论如何，每一个猫咪都是可爱的。

既见君子，云胡不喜！这一刻，已然开启了我生命中的又一新章。

左图　尽管我头顶生疮、耳朵流脓、眼睛红肿，但妈妈还是留下了我

② 起名

欧洲绘本里有个爱吃鸡蛋煎饼的明星猫 Findus，穿着背带裤，整天跟在 Peterson 老爷爷身后。这个 Findus 跟咱小不点长得很像，而且他不正是自己来找到我们（find us）了吗？就叫这个名字了！女儿、女婿叫得很顺溜，我则觉得有些别扭。"粪多屎"，一个臭臭的名字。我还是习惯叫他"姆妮"，我的前两个橘猫都叫"姆妮"。我试着叫了一声，他也立马回头答应。啊哈！他就是姆妮三世了。

当我和姆妮三世在一起时，对他有各种各样的昵称。

他最擅长的，是像狗狗那样，当你把玩偶老鼠、毛茸小鸟抛过去时，他会立即叼在嘴里，送还给你。最有趣的是，他还会衔着斗猫棒上有鸡毛球的一端，拾阶而上。那一尺长的小木条和连着鸡毛球的弹性钢丝，就在木楼梯上弹奏出奇妙的乐声。"狗猫猫，我陪你玩！"每次玩到我精疲力竭，他仍兴致盎然，让我欲罢不能。

他常常趴在你意想不到的地方，贼头猫脑，屁股扭扭，随时准备向你露出的脚趾头进攻。那时的小猫头，像极了加拿大湖边丛林中的小浣熊。"熊熊，不要！"当我这样哀求他时，他会瞬间冷静下来，扭过头，悻然而去。"玩不起，不玩了！"

吃饱喝足，他会趴在窗台上，聚精会神地瞄准那些在高大树丛中欢奔乱跳的松鼠和上下扑腾的鸟儿。一看到他眼露凶光，随时想扑上去抓个玩玩时，我

起 名

妈咪大人的猫咪札记

上图　我是这里的王

　　就赶紧关上窗。小老虎急吼："我是猫！我有九条命！有什么可担心的！"他"呼呼"地喘着大气，两边的胡须颤抖着，并迅速靠向前方。这让我想起了俗话里说的"吹胡子瞪眼"，原来这样才可以吹到胡子。长见识了，我的"胡子哥"！

　　安静的时候，他把自己长长的尾巴绕到脚前，那妩媚、姣恬的模样，就是个可爱的小狐狸。"狐狸精，你迷住我了！"他听了会不好意思地垂下双眼，额上那参差不齐的毛发，好似美眉的留海。

　　爱你，我的孩子！在我心中，你是各种可爱动物的合一。对你的昵称，多得让我不好意思再说。

3 小不点，大力士

女儿住湖南路时，小小的房间里有个重重的木梯子，可以直接通向阁楼，平时不用就靠着墙。晚上怕小不点儿顽皮，影响休息，女儿和女婿就睡阁楼，让小不点儿睡下面朝南的正房。然而，他很不乐意这样的分房独处。晚上看他们上楼，梯子靠墙翻起，他无望、哀怨地低泣几声，最后只能作罢。

没想到领养一个月后，每天清晨四点不到，他就用高八度的连绵不断的苏昆，唱醒他俩的好梦。直至放好木梯，让他攀梯上楼，共处一室，才善罢甘休。于是，这个精力旺盛的小孩就再也容不得他们眯上片刻：即便两人把头都藏进被窝，小不点儿仍能从缝隙中掏出一撮头发，然后被"哇哇"急叫的求饶声刺激着，继续不亦乐乎地，像匹小野马，撒开四腿，在两人盖着的鸭绒被上来回奔跑。这是最后的疯狂，过一会儿，这两人上班锁门，他将在等待中昏睡。

领养是要负责任、付代价的。他俩在不断学习并习惯着每天早起的自律生活。

又过了一个多月，他长力气了。有天凌晨，一声巨响把两人惊醒。还没弄清是咋回事，Findus 已经在脚边蹭蹭，他用这独特的方式来打招呼，并表示歉意，也为自己终于推倒了木梯子这拦路虎而无比兴奋。这毛茸球在被窝里蹿进蹿出，乐得随心所欲。不过，只一会儿工夫，他就趴在那里睡得呼呼响。再过会儿，完全没声音了，只见他白眼翻翻，胡子抖抖，在做着好梦呢。梦中的他，也许正在群猫集会中显摆——为自己是个大力士无比骄傲！

妈咪大人的猫咪札记

上图 想不到吧：俺能把靠墙的木梯子翻下，上下变通途

4 小宝

我家有大宝和小宝。大宝是我亲生的女儿,小宝 Findus 虽不是我生,却视如己出。

有人在窃笑,有人当面管我叫猫痴。猫痴每天都会用温柔甜蜜的声调,与小宝谈情说爱。每每此时,他都会放松地四脚朝天,露着好看的粉白色肚皮,眯着眼,在"咕噜咕噜"声中,轻轻地晃动着身子。我会抓紧时机,立马送上一个热吻,碰到他那个永远湿湿的鼻子,我真切地感到:生命在呼唤!但此刻

右图 刚做完手术

妈咪大人的猫咪札记

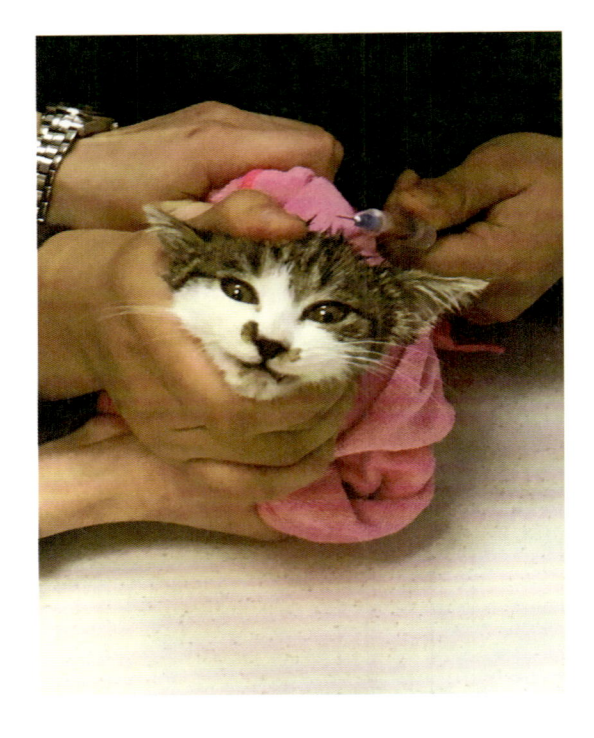

如有电话或客人来，小宝会在一旁等着我马上放下电话，或是快快送走客人。如若不然，他就会无声无息地悄然离开。他不会忘记被冷落的尴尬，以后很长一段时间，都会对我的爱抚嗤之以鼻。百分百理解：爱情就是自私的呀！

　　我像护养大宝那样，悉心照料小宝。点眼药、掏耳螨、刷猫毛、洗澡、喂饭……一样都不马虎。陪吃、陪玩、陪睡，尽心尽力。每晚，当要去倒垃圾时，总会把小宝抱进雪屋尿盆，希望收取他当天最后的粑粑。小宝从一开始摸不着头脑，撒腿就溜，到现在已能习惯地、乖乖地完成固定时间点的拉屎撒尿。这是我意外的收获。

　　小宝刚来时，只是个拳头般大的小毛球。如今，已长成健康、壮硕、五公斤重的神骏小伙。

5 小管家

据说，在狗狗被人类驯化后，又过了一万年，猫咪才屈尊与人类一起生活。他们愿意陪伴人类，并且藉此让人类回归自然，回归造物主。

Findus 知道自己肩负重任。他刚来到家里的时候才两个月大，而且患有很多疾病。经过半年多的诊治，当眼疾、耳患和头上的大包都被彻底治愈后，他精神焕发，越来越活泼。更难能可贵的是，他常常会在安静中细致观察，学会遵守我们的生活规律。当然，那个一早就要吃大虾，让我无法多睡会儿的习惯，是我一开始纵容的，是咎由自取。

我们搬到新家后，他很负责任，上上下下巡视了几遍。这里嗅嗅，那边瞅瞅，每个旮旯都费心劳神。有次我在书橱边发现一只贼溜溜的蟑螂。我最怕的就是它，等今后有机会把害怕的缘由告诉你们，大家一定也会毛骨悚然。当时 Findus 正在楼上睡觉，但他马上感到楼下的异样，以最快的速度冲下楼来。要知道猫咪的听觉比人类灵敏七倍，他们能够听到超声范围内，即超高频率下的声音，眼睛中有光的传感器，可以弥补各种层次的黑暗和阴影。当我还打着手电筒寻找入侵者时，Findus 已发现了目标，一跃而起，一只前爪狠狠地按住那家伙，并在客厅空处，将它抛上丢下，肆意玩弄，为铲屎官报了昔日被辱之仇。

若是楼下门铃响，快递员上门，我们会请他送上二楼。Findus 学得快，

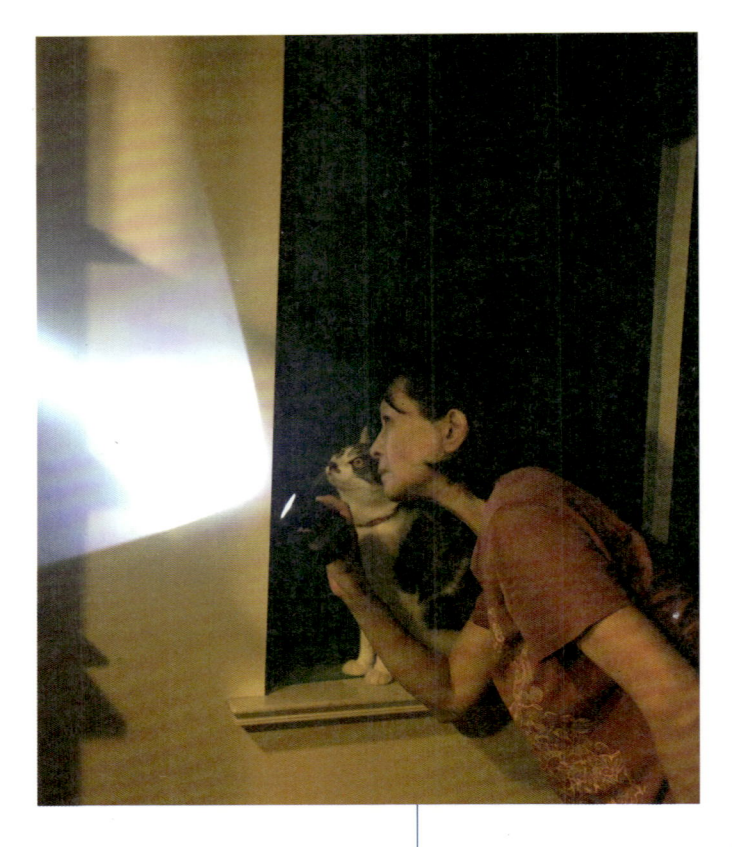

上图　同心协力捉蟑螂

只要听到门铃声，就第一时间跳上窗台，探出猫头，伸长脖子，"咪哦咪哦"地叫着，应该是在说，"快递小哥，请送上二楼！"有个喜欢猫咪的快递小哥，已习惯一按门铃，就抬头伸手，跟咱猫咪打招呼。

　　Findus 是我们不可或缺的小管家。

6 最开心的时刻

　　昨晚睡不着，清晨朦朦胧胧正困，Findus用尖尖的爪子开始在我身上踩奶，痛而温馨。若不理他，他就委婉唱苏昆，让人如痴似醉。还不起来？杀手锏——情咬！咬得我跌跌撞撞地起身，机械似地烧完虾，为他开了早荤。然而，这是我一天最开心的时刻！因为至少是被需要。Findus享用完，舔舔嘴，抖抖腿，头也不回，或是跃至冰箱顶，要么直奔楼下门毯。呜呼！接下来的一整天，只是在饿得发慌时，他才到猫碗前嚼上两口干猫粮，其余时候，任你情真意切地呼喊，或是登高亲吻，或是下楼拥抱，他都一脸嫌弃。鄙夷的眼神让我知难而退……

7 情满意足

天还没亮，Findus 就来叫我。这次他一改以往讨虾吃的程序，先是用湿鼻子凑到我鼻上，若感觉有气息进出，就决不齿软，直接咬鼻子、咬嘴唇、咬下巴，只要脸上咬得到的地方他都不放过。我忍无可忍，大吼一声，并坐起来！Findus 从没见奴才有这架势，他惊恐得四脚离床蹦起，然后迅速趴下，圆睁双眼。那黑黑的眸子里有闪亮的东西，我知道自己又输了。当然，最好的安抚，是赶紧起来烧虾。不知是受了惊吓，还是吃得太急，Findus 吃的时候又差点吐出来。我心痛地撸了又撸这位"楞头青"，他也心领神会，绕着我的腿转，用尾巴勾，用脚踩着我的脚。我弯下腰，拍着他胖墩墩的肉屁股，两张孤独的脸贴在了一起……真情、亲情、人间无法得到的爱情，我们都毫无保留地给了对方。足矣！

37

情满意足

上图 妈妈驮着去看风景

8 苏昆

Findus 有着与众不同的音色。幼小时只觉得好听，青春期变声后，嗓音竟是越来越美妙动人。

我若较长时间专注于读书、写东西、看手机的话，耐不住寂寞的他，就会悄无声息地挪移到我身旁。睁着楚楚动人的媚眼，一声"阿——乌——"拖得长长的，缠绵婉转。"阿乌"在上海话里是说人做事不地道，Findus 是不是在责怪我呢？这声调让我想起儿时，去观看小姨妈的苏昆专场演出。俊俏的她，一身白衣素妆，踩着小碎步出场，伴着一句"红——头——将——军——啊——"赢得台下掌声满堂。这声音真是从眉心顶上去的，百转千回，柔曼悠远。小姨妈曾是上世纪四十年代的苏昆名角，也是金嗓子周璇的好友。两人曾同去香港，又先后返回上海。她的一辈子是台上辉煌，台下黯然，最后孤独离世。今夕何夕，远逝六十多年，造物主

苏昆

上图 他黑色的眼线长长的,一直延至耳下

竟又将这天籁之音,无偿地赐予了我家小猫咪,其中的美意,令人深思。

　　看我陷入沉思,Findus就用热呼呼的脑袋,轻轻蹭我的腿,羞怯地表达对我的依恋。"去吧,小宝,忙完了,咱们再玩躲猫猫。"他完全懂我的意思,并有着极强的自尊心。"哦……",余音还在缭绕,他已优雅地转身,扭着腰臀,慢悠悠地离去——恰如苏昆中别离时的那个经典身段。

9 妈妈

女儿、女婿和小宝都要搬回家住了。一到家,女儿就强调:"我是他妈,您老是外婆!"考虑再三,我提出这样的建议:"世上只有妈妈好。我年纪大,就是大妈;你年轻,就当小妈。"女儿最终诡秘地笑了笑说:"妈妈、外婆都让您老当。"

这以后,真没听她与小孩交流时,再以妈妈自居。我也就毫不客气,当仁不让地做了妈咪大人。

然而,这小孩,只要女儿在家,就跟进跟出。女儿在电脑前,他坐电脑旁,还得时不时地跟他眼对眼嘎汕胡。不然,就踩键盘,满屏的乱码,让你无法工作。女儿锻炼身体,他绝不放过抓脚趾的游戏和抱大腿的享受。女儿利用刷牙的几分钟,拿个斗猫棒,陪玩片刻。这以后,只要一听到电动牙刷的声响,他就是熟睡着,也会一个筋斗翻身起来,睡眼惺忪地仰着头,望着橱顶上的斗猫棒,急切地叫着:"玩!要玩!"与女儿聚少离多,他更珍惜当下。每次女儿出差,旅行箱一打开,小孩就第一时间跳进去,占着、赖着,好坏也留点气味,让你至少开箱就可闻到他的气息。他是忠心的狗猫猫,永远记得,那个漆黑可怕的晚上,在呼啸的车轮旁,救了他的恩人。他想念女儿时,给他再多玩具,也不屑一顾。每天傍晚,只要女儿不在家,他就会在楼下的门毯上等着。铁门的钥匙孔一响,就能确定是谁。"妈妈回来啦!"顾不得来个亲热的拥吻,就

妈 妈

直奔楼上。那一瞬间,小孩的身体仿佛在膨胀,毛毛竖起,尾巴粗得像咱家的长毛洗瓶刷。他跳上沙发,又反转扑向书橱,来来回回做着同一个动作,喜悦之情感染着一家人。

有次我出门半月有余,回家前,曾一再想像着小孩见到我时可能出现的狂喜。可叹啊——最终我没享受女儿的同等待遇。小孩只是在我裤腿上闻了闻,狐疑的眼神里满是不信任。我忽然意识到,自己刚才出轨了——进弄堂时,与流浪猫亲昵过。

女儿才是他心中的妈妈,这些天,女儿去了欧洲,小孩仍天天傍晚下楼等妈妈。直到夜深人静,他才神色黯然地上楼,睡在我脚后撸不到他的地方。

上图 别以为我长那么帅,就是为了跟你合影

10 巴依老爷

暑假，女儿从新疆归来，我和Findus双双在楼下恭候。他毛色锃亮，两眼炯炯有神；而一旁的我，两条细细的胳臂，被斑斑的咬痕覆盖着。女儿半嗔半笑地说："您得学学阿凡提，用智慧对付巴依老爷。"

"巴依老爷"——这新头衔太形象了！我俩击掌通过。

但这可不是什么好名声，原本说好了只内定，不外传的。可是，盛夏酷暑，光荣负伤的手臂，仍让一些知道了真相的人，觉得不可理喻。我和巴依老爷都终于臭名在外。最近去看病，医生好几次朝我那伤痕累累的手臂看，欲言又止。我不好意思地解释道：是猫咪咬的，不是家暴。

刚领养时，女婿喜欢用手指逗小宝玩。没几日，他就养成了扑咬手指的习惯。当我也奋不顾身地加入这危险的游戏时，老爷又别出心裁：只要我一上床，他就会在不远处瞄着，两眼放光，迅速地扭动屁股，冲将过来，抱住我手臂，从轻轻的情咬，到嘴里发出"嘶嘶"声的疯咬……

前天晚上去超市，买了大海虾回来。老爷鼻子好，老远就迎过来。我就打破了只在早上喂老爷吃虾的惯例，立即烧了两个。看他大快朵颐，我心里甜甜的。没想到老爷记性好，昨天做晚餐时，他急吼吼地跳上灶台，疑惑地闻了又闻。当我自个儿就餐时，老爷终于忍不住发飙了，对着我直吼："老爷我的虾呢？！虾呢？！"我蹲下身，想用手抚摸安慰他。老爷忿怒地回头就是一口，

43

巴依老爷

妈咪大人的猫咪札记

巴依老爷

上图 我的虾呢？！

继而"阿乌"一声尖叫，楼上楼下往返狂奔。那"嘣嘣嘣"的撞击声真让我担心：老爷难道会为了一顿虾去撞死？也许他不光是为了唯一爱吃的海虾，更为了自己身为老爷的权利，又或许觉得我看重钱，情太浅？

这样一直持续了数分钟，老爷终于体力不支，趴在地上不停地舔着毛，想尽快恢复平静吧。我心疼地将老爷平时爱吃的日本小鱼干放到他面前，老爷不屑地扭着头，"呼哧呼哧"地喘着粗气。我正担心如何度过这关，巴依老爷已转过头，一口吞下了小鱼干。

11　抑郁了

　　巴依老爷不是个老头儿，他只是个两岁不到的孩子，哪怕按人类的年龄算，顶多也只是个十来岁的少年。"巴依老爷"这顶帽子，是因他有时的霸气范儿，才被扣到他头上的。

　　最近，巴依老爷没有以前快乐了，一副心事重重、无精打彩的样子。我虽不是医生，但日夜陪护在老爷身边，又有较丰富的自我体察经验，所以我能确诊，老爷抑郁了，病因就是"想妈妈"。他目光慵懒却依旧霸气，常常气呼呼地瞄着我，有时经过我旁边，还会在我腿上抓两下、咬一口。毋庸置疑，是在警告我："你们可以随意给我戴帽子，我认了；但老爷我想妈也合情合理呀，妈再不回，我会疯的！"你别看这孩子猫模猫样，却有着狗狗的几多属性。最主要的是，他像狗狗那样认定谁是主人。我是他的老奴才，女儿才是救他养他的恩人。在女儿去欧洲的这一个多月里，他如同以往一样，天天晚上去到楼下门廊，一等就是三四个小时。他知道，这是女儿回家的基本时段。

　　我注意到他在下面等待时，总是仰着头，就算累到趴下，耳朵却是竖起的。女儿放在楼下的那双白皮鞋，被他咬得坑坑洼洼，刻满了思念的吻。老爷如此纯情，让我看在眼里，急在心里。用尽方法想引他上来，跟他说话，逗他乐，不想让他在每天失望的等待中加重病情。对我的真情，他置若罔闻。下楼抱他

左图 一副心事重重、无精打彩的样子　　上图 天凉好个秋

抑郁了

　　上来，刚放下，他就"嗖"一下又回到了楼下。直等到他相信，今夜妈妈又不会回来了，才不情愿地上楼，失神落魄地站在玻璃门外，久久不肯进屋。治疗抑郁，家属的理解和陪伴是相当重要的。为了让自己更像他妈，我也扎起了马尾辫，学着他妈的样子在他跟前晃。自以为神形兼备，一心想讨老爷开心。老爷左看右瞧，断定我是在装嫩，没一点美感，就干脆上来咬扎头发的橡皮筋，并快速吞了下去，害得我在他粑粑里翻找了几天。这老爷就是追求完美啊！我虽形不似，但竭尽全力地付出，老爷您应该是感受得到的吧！

　　其实老爷他妈，只要是猫咪，都爱！目前在欧洲又有了新宠。有只叫明卡的，隔壁邻居家的肥猫，不顾女儿婆婆家狗狗的竭力阻止，趁狗狗一天两次出门蹓跶，准时欢蹦乱跳地过来与女儿幽会。跟女儿玩，陪女儿睡，啃女儿为他省下的烤鸡腿……那热乎劲儿，有录像为证。

　　人心不古啊……巴依老爷，你可以痴情，但不要成为情痴。

12 傲骨

一夜无眠。凌晨三点，老爷就来叫我。大概他看我辗转反侧，反正睡不着，还不如早点起来烧虾伺候。"胡闹！"我翻个身，盖好被子，闭上眼，想努力再睡会儿。老爷倒也识相，没再闹。迷迷糊糊刚要睡着，忽听手机微信铃响，原来是早起的朋友，发现了值得一看的新闻，就急着发了给我。放回手机，一看表才六点，老爷趴在我脚后，也安静，就决定再睡会儿。不料，老爷上来了。"呜啊"一声，还是那么优雅得让我心动。"自己身体要紧"，记起所有人对我的忠告，就没理他。只听老爷又叫了一声，不对！这时叫"呜啊"，就是"饿啊"！于是我马上坐起，但一阵晕眩，又只得躺下。老爷慢慢地踱到我跟前，用湿鼻子贴着我嘴巴嗅了又嗅，确证我活着，一气之下，咬住我露出的手臂不肯放。我知道，第一次，三点时叫醒我，他也觉得有点过分。而第二次，已经六点，奴才一听到铃声就看手机，这已经有点惹恼了他。况且看完手机又再躺下，这实在是让他忍无可忍。难道手机比我重要？！无法跟老爷解释，也无须解释。的确，我们都会先做自己认为重要的事，而告诉别人，自己很忙，其他事情有时间再说，其实只是对方不是自己该忙的对象而已。老爷虽年轻，但看人还是蛮准的。既然跟他说不清，我决定不理他，继续睡。老爷退到我脚后，哀怨地抬着头，看着远处……

傲 骨

等我从睡梦中惊醒，已是早上八点。呀！好久没睡到这么晚了，真舒服。从小，妈就不让睡懒觉，哪天若不是生病了，六点还没起床，她会操着软软的苏州话警告我："勿好做懒料胚咯！"所以，我从小就养成了早起的习惯。今儿亏待老爷了，我一边起身，一边喊他："烧虾吃了！"老爷趴着不动，给他一个歉意的吻，也没回应，一副伤透了心的样子。好像两个小时的忍耐、克制，已让他想明白：虾算得了啥？尊严才是最重要的！

起床后第一件事，我还是尽本分，先去烧虾。不见老爷马上跟来，这是绝无仅有的一次。烧好虾进屋，他已不在床上了。返回厨房时，见老爷在自己猫屋里啃猫粮。好有骨气啊！我被感动，将大虾送到老爷嘴边。他踌躇了一下，总算给了我面子，一口气吃得精光。吃完，又在我手臂上咬了一口。这咬，是啥意思？爱？还是恨？我像所有读不懂女人的男士一样，茫然不知所措。

上图 寂寞时光

13 搬家

Findus 被领养后，搬迁过两次家，住过三个地方。那个狭小的出租屋，让流浪的小不点儿第一次有了家。我去看他时，女儿把当时在马路上救他时的录音放给我听。小不点儿听到录音里汽车喇叭和他自己的尖叫声，吓得"勿要、勿要"地大声呼救。惊恐的眼神，揪痛我心。一个幼小稚嫩的生命，竟早已遭受过如此不堪的摧残！

女儿他们要搬回来住了，一家子在一起，会让小宝更感温馨。那天，我在小区大门口，从女儿手中接过小宝时，想起了我母亲。她当年到国际妇婴保健院接我和刚出生的大宝，高兴得竟抱着大宝一路小跑。家离医院近，路上熟人多，母亲喜形于色地向每个认识的人宣告："是女孩！是我们想要的女孩！"有人笑她："怎么比生个孙子还高兴？"一晃四十年，往事仍犹如昨日……今天我也抱着我们的孩子，有人说这野猫又不好看，倒不如去买个名种猫。对这些不懂得尊重生命的人，我懒得说教。

小宝就是我们家庭的一员。打开房门，小宝"喵喵"叫得欢，好像告诉我们："这里好大啊！我喜欢！"这小小的两室一厅，在小不点儿眼里俨然成了大豪宅。他首选的是那盆高大的龟背竹，趴在泥上拼命地往外刨土，没一会儿，又跳到所有他跳得上的地方视察，白床单和白磁砖上都留下了他带着泥土的脚印。突然，从卧室传来小宝"呜呜、呜呜"的恐怖叫声。原来这小不点儿被大橱镜

搬 家

子里的自己吓得魂不附体，他认定这就是在外面欺侮过他的坏小子，并对着镜子狠命回击。镜子里那家伙丝毫不退让，小宝怯战了，躲到床底下，再也不出来。他一定是想回到那个小小的、没有坏蛋和恶梦的家。

没过多久，我们再一次搬家。小宝被安置在专为他买的有网孔的航空包里，大宝在楼下管装车，并负责看护小宝。这囚笼般的包包让他极其痛恨，看到小区里自由自在过来蹭女儿腿的小黄猫，他气急败坏"阿乌、阿乌"地大声斥责。我下楼给工人们送水，忙中没顾及到小宝。他却一眼就瞅见我，发了疯地呼叫，咬破了网孔包包，伸出手想抓到我……一个人专注于某件事时，竟会连那么撕心裂肺的求救声都听不到。事后听女儿说起，我难受得几次向小宝致歉。

在我亲爱的弟兄姐妹的鼎力相助下，我们在倾盆大雨到来前，顺利搬入新居。小宝踱着猫步，以第一主人的身份，认真仔细地查看着每一个箱包。我们拆包整理，忙得顾不上小宝。再寻小宝时，遍寻不见。当我急得快要哭出来时，女儿在一个撤空的纸板箱里，找到了累得呼呼大睡的小宝。

妈咪大人的猫咪札记

上图 搬入新居,旮旯角儿细细检查
下图 检查完睡会儿

14 松鼠

昨天下午，我被窗外那持续不断又有点异样的"咯吱咯吱、咯吱咯吱"的叫声惊醒。起来往外一看，窗前那棵高大的树干上，一只小松鼠头朝下，抖动着尾巴，瞪着眼，凶神恶煞地对着楼下院子围墙上蹲着的小花猫狂吼。小花猫被它叫得烦了，就懒懒地抬头望一下。我家 Findus 开始时也有些紧张，但看看下面墙上的前女友，似乎并无攻击小松鼠的架势，也就有点不耐烦地对着小松鼠呼了几下，似乎在说："人家又没咋的，你倒来劲了！"他也许已忘却了那短得可怜的一面之缘，抑或看到小花，就觉得不堪回首，再想这些不现实的事太无聊，便缩回了伸长的脖子，放下搭在窗台上的前腿，笃定泰山在那里等着看好戏。哪晓得这小松鼠竟不依不饶，不赶走小花猫誓不罢休。好像这周围无论是树木花草，还是楼房亭院，都只属于它们——一群鼠目寸光的家伙。

这家伙足足恶叫折腾了二十多分钟，直到小花猫撤离，才趾高气昂地跳上了另一棵大树，扬长而去。Findus 回过头，对我无精打采地"阿乌"一声，虽然对着我，想来是骂刚才那家伙，但也许是一箭双雕，我心里充满了愧疚和不安。

松鼠们常会举家蹓跶。冬天的一个上午，Findus 正跟我玩"老鼠滑扶梯"，忽然转身直奔窗台。我紧跟其后，只见窗外，一只大松鼠带着三只小松鼠，排着队，在我家窗口花坛上自东向西走来。一个个贼溜溜地朝屋里张望。这些家

上图 这松鼠竟在我眼皮底下蹓跶

伙除了尾巴粗点,其他跟老鼠没什么两样。Findus 隔着玻璃,用爪子猛拍,并不停地回头,示意我打开窗户,他要抓两个回来,灭了这些家伙不知天高地厚的威风。松鼠们一点不畏缩,慢悠悠地边闻边走,还不时朝屋里瞅瞅,轻松得好像它们才是这地儿的主子。Findus 又气得成了"胡子哥"。松鼠们已走远,我仍不敢开窗。万一这几个家伙又折回来,这客人可不是好对付的。Findus 没经验,我在加拿大,算是亲历过松鼠们袭击、抢吃的恐怖一幕,每每想起,仍心有余悸。

15 外面的世界真精彩

平时，小宝最喜欢在窗台上，一站就是半天。他时而极目远眺，时而望着一片抖动的树叶傻傻地发呆。一只小得我们都看不清的小飞虫，都会让他激动得胡子尾巴一起抖。有一次见他全神贯注地盯着停在月季花上的小蜜蜂，此时他滑稽的斗鸡眼，引得我们捧腹大笑。

小宝喜欢跟我下楼，开了半扇铁门，鬼溜溜地探头张望。他不敢走远，只在近处漫步。一抬头，见院子的围墙上，两只大肥猫正懒懒地晒着太阳。小宝"咪哦"一声，不知是打招呼，还是邀请他们下来一起玩。那两个胖墩儿一动不动，像是放在那儿的摆设。没谁跟他玩，自然就又想起了一旁的奴才。猫头不断地蹭我的腿，嘴里呜呜呀呀地不知说些什么。我很识相，马上拿起树上掉落的枝条，开始跟他大闹天宫。枝条在空中划圆弧，小宝的头也跟着绕；枝条上下甩得急，小宝跃起，360度旋转，好似体操运动员。玩了没两分钟，我俩都气喘吁吁。刚准备休息，小宝忽然警觉地竖起两耳，眼睛死死地盯着大树下的草丛。他常会这样，一惊一乍的，我不以为然。但他突然伏地，又一跃而起，像豹子般四脚离地，直扑目标。那是条一尺多长，小手指般粗的黄白色的家伙。后来有人说是水蛇。我最怕这种家伙，又怕小宝受伤害，就拿了粗树枝，拼命阻止小宝。此时的小宝完全是忘我的，他一次次发动攻击。那蛇骄傲地仰起头，吐着信子，

妈咪大人的猫咪札记

游动着轻巧的身子,逼近小宝。趁它靠近的一刹那,小宝两个前爪左右开弓。那受了伤的家伙,"嗖"地一下腾起,想顺着树干逃离。小宝见它怕自己,就更来劲。他再一次猛冲上去,"啊呜"一口咬住它尾端,两个前爪抓紧中部,两条后腿不停地用力踹它的头……终于,那家伙猛烈地抽动了几下,就没了动静。小宝放下它,用前爪拨弄着它软弱的躯体,得意地欣赏着自己的战利品。

我蹲下去抱起小宝,无意间抬头,见围墙上两只肥猫仍是不变的姿势。它们可能早已看破红尘,刚才的打斗,对他们而言只是过眼烟云,不为所动。也许,是因为它们实际年龄比我还老。

上图 独行侠

外面的世界真精彩

上图　不到园林，也知春色如许
下图　天猫行空

16 留影

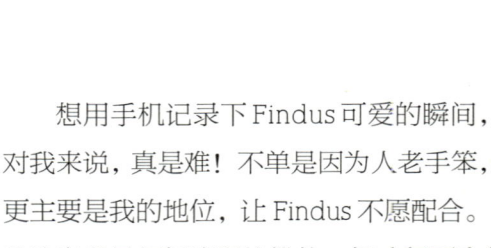

　　想用手机记录下Findus可爱的瞬间，对我来说，真是难！不单是因为人老手笨，更主要是我的地位，让Findus不愿配合。他认定我是伺候吃喝拉撒的，奴才怎可拿着机器瞄准主子？况且，他对我的人品一直不满。主要就是我不但叫人割了他宝贝的蛋蛋，还在他痛苦挣扎时袖手旁观，举着手机对他隐私部位频频照相。事后，我也觉得自己不太厚道，有时也会为此犯抑郁。本来Findus不但可以和小花谈一场轰轰烈烈的恋爱，还能凭着"龙虎斗"的赫赫战绩，赢得众女猫的芳心。到时妻妾成群，子孙满堂，将是多么浪漫、辉煌的一生啊！所以对于我，他是恨多于爱的。

　　Findus不喜欢拍照，不仅是脸上的毛，长得让人看上去鼻青眼肿的，这胡子还不对称，左面的胡子比右面的短很多。为什么会短？也是被人剪的？猫咪的胡子可是丈量的工具！怕留影后让人一目了然：这猫怎又缺失一功能？成为无聊小人茶余饭后的笑谈。我一再鼓励他：这是时尚，不对称的美，留个影，其他猫咪羡慕还来不及呢！但无论如何劝说，只要一发现我举起手机，Findus就会扭过头，握紧拳头，用修长的前臂挡着脸。有时想分散他的注意力，用手指逗他玩，想抓拍他萌萌的认真劲儿。Findus看一会儿骚扰的手指，就会顺着手指往上找，当他发现是我这叽叽喳喳的嘴在指挥时，好像自己被玩弄似的，

留 影

气得冲上来就是一巴掌。

　　他享用海虾早餐时，看他的猴急样，我赶紧拿了手机对准他。Findus 喜欢低调，发现我鲜嘎嘎的样子，干脆不吃了，骂一声"阿乌"，扭头就走。他心里清楚，这剩下的虾，料你也不敢碰！

　　Findus 对过去和将来都不在意，他是活在当下的天使。他时而婀娜多姿，忽又傻里吧叽。猎手冲锋时的骁勇，呼呼大睡时四脚朝天的憨态，安静时翘首远望的深情……每一个细节我都想记录下来。希望他不像我们那样，在美丽的青春年华，只留下了白的衬衫和红的袖章。笑看女人红颜老去，一个个变成皱皮阿奶，他会骄傲地吟一句："毛皮裹身，想皱也难，天生丽质，难自弃啊！"

上图 我有长舌，旦不是长舌妇

17 尾巴

　　Findus 尾巴很长。离尾端五厘米处,有明显骨折留下的弯曲。是遭受重物的碾压?还是被人们在匆忙中无意踩踏……可以断定,这小不点儿在被救前,经历的恐怖袭击不会少。今天,在温馨的新家,当他信心满满、骄傲地竖起尾巴,款款走着猫步时,你会发现他屁股上顶着的其实是个大问号。

　　初夏的一天傍晚,我带着 Findus 下楼蹓跶。在院子的矮墙上,一只像玩具小黑熊的幼猫,不停地向我"咪哦咪哦"地撒娇。把小黑熊抱进院子,他立即意识到,这是个千载难逢的好机会,至少可以有个既不挨饿,又挡风避雨的家。他来不及多想,就直奔 Findus,不停地用自己又短又细的尾巴勾搭这屋的主子。他仰起小脸,用热烈的吻,贴这家伙的冷屁股,请求收下他,作个伴。Findus 的反应让我们大跌眼镜。他脸朝家门,急促不安地"嗷呜嗷呜",他要快快进屋,不愿与野孩子混,大概怕被传染什么疾病,更怕自己失宠。没给他马上开门,这下他火了!一个猛转身,两耳朝后竖起,两眼透着凶光,眼梢处像国粹京剧脸谱中的吊眼,尾巴左右猛甩,在水泥地上发出"啪啪啪啪"的响声,并对着小黑熊"哈—哈—哈"地吼叫。这绝情样,让小黑熊和我们都寒了心,只能委屈小黑熊暂不入住。

61

尾巴

上图 他屁股上顶着的，其实是个大问号

有次带 Findus 去医院，一路上他像杀猪般地嚎叫。到了医院，将他往医生面前的诊疗桌上一放，顿时安静文雅得像个淑女。小腿并并拢，长尾巴似大辫子般盘到前面。任医生检查、打针，不发一点声。医生惊叹道：从没见过这么乖的猫咪！此时，只有我们熟悉的那个尾巴尖，在不停地抖动，泄露着焦虑、恐慌和不满。他实在不善于装腔作势，只是在强权面前，暂不抗争而已。

Findus 最恨剪去他的第一道防线：指甲。我每次试图给他剪指甲时，他都会毫不犹豫地咬住我不放，直至我放开他。而女婿为他修剪时，他则扭过头，一声不吭，但尾巴仍大胆地吐露出心迹：这文化上的差异真是太大了……念你不远万里来到中国不易，我让着你。

18 熊熊

在和 Findus 相处的日子里，常会忆及早已离开我们的那两个叫姆妮的猫咪宝宝。他们藏在我心深处，不敢去触碰。唯有小黑熊，因为他幸运地去到了一个喜欢他的人家，让我放心又高兴！每次小黑熊家人发来视频，我都会立即给 Findus 看，分享我难以言说的喜悦。Findus 目眩神迷，是装糊涂？还是心有愧疚？不管怎样，只要听到"熊熊"的名字，他就会一下怔住，小小的心里一定记得：熊熊就是被他拒之门外的那个孤儿。

记得那个初夏的晚上，我在进屋关铁门时，听到院子围墙上有轻轻的、急促的"咪哦、咪哦"的叫声。循声望去，只见两个像星星一样金灿灿的眼睛忽闪忽闪。藉着微弱的灯光，我看到了他——一个像我拳头般大小的黑茸球。"小黑熊！"这跟大宝儿时的玩具小黑熊长得一模一样哟！当时真不敢断定这是只小猫咪，那可爱的样儿，顿时把我的心融化了。踮脚、伸手都抱不到他。我急，他也急。我匆匆上楼，抓起一把猫粮冲下楼。找来几块砖垫高，勉强够得上。小黑熊大概记起了妈妈的叮嘱，怕我不是好人，欲进又退。我伸着的手臂酸得支持不住了，只得将猫粮放在了围墙上。"吃吧，熊熊，填饱了肚子快回家！"楼上窗口，Findus 探着脑袋，寻思着：这猫痴怎又在花嚓嚓？

一天几次，我们一家人都这样去喂小黑熊。每次我都会告诉 Findus，希望他理解，也期盼他接纳。就像许多想生二胎的父母，循循善诱，盼着他们的

前页 初见熊熊
上图 熊熊拍小宝马屁

第一个孩子能真心地喜欢即将来临的弟弟或妹妹。可是最终遭到 Findus 拒绝，无奈之下，只能委屈熊熊先住小院。我们把 Findus 的斗猫棒拿到楼下，插在门栏上，熊熊喜欢得不得了，斗猫棒上脆脆的铃声不时地传到楼上，我们和熊熊同乐乐。

这孩子活泼又温柔，不管 Findus 怎样傲慢和无理，他都不放在心上，一味地热情主动，纯真得让人心痛。他驱散了我心中的霾，充满信心去过每一天。他是个纯粹的孩子，上帝喜欢的孩子！

熊熊把小院当自己的家，从不在家里方便。我们也一直以为，他是在野外解决的。直到有一天，隔壁人家打扫院子，发现一大堆粑粑，并断定是熊熊干的……

此时，上帝下旨，接旨的是一对新婚夫妇。在一个阳光灿烂的周末下午，他们开着装满了刚买的猫粮、玩具、猫抓板、雪屋尿盆的车，像接自己刚出生的婴儿一样，欢欢喜喜迎走了熊熊——他们恩爱生活中的一个新生命。

19 大男孩和两个猫咪的故事

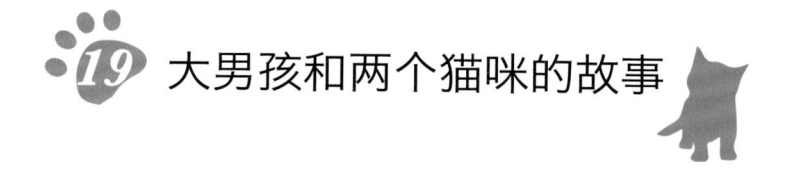

与熊熊的邂逅，让我们一家进入了有关熊熊去留问题的争论。Findus用抓、咬、吼等很没素养的极端表现，首当其冲地投了坚决的反对票。女婿也态度鲜明：只要做通Findus工作，就把熊熊领回家。双方各执一词，都不退让。当然，"一山不容二虎"的论说，是自古以来有根有据的；而对生命的重视，对小动物的怜爱，也是我和女儿一贯的宗旨。

十几天过去了，双方都不退让。看得出来，女婿生Findus的气了。这个大男孩不会掩饰，喜怒哀乐全写在脸上。Findus马上轧出了苗头，听到女婿回来，也不再恭候相迎。

一天，女婿把熊熊引领到我家门前的空地上，花很长时间陪伴他玩耍，终于博得了熊熊的信任，他当天就留在了我家院子里。那是个不平凡的日子，女婿用这特殊的方式，为女儿的生日送上了一份精心准备的厚礼。

为了让熊熊有个安乐的家，他放下研究课题，花了整整一下午时间，自己动手，用家里的木料，在小小的院子里搭建了像童话世界一样的小楼梯、小房子。熊熊在楼梯上奔跑跳跃，上上下下地享受着。晚上就安安稳稳地蜗在小屋里呼呼大睡。我只要在二楼窗口叫一声"熊熊"，他就会抬头寻找，看到我和紧挨着的Findus，他会欢快地叫个不停。他懂得感恩，只要我们一下楼，就围着转，小脚踩住大脚，不让你离开。当然，他最喜欢的还是那位善良的大男孩，

大男孩也一样偏护着他。几乎每天晚上，只要我们一家人到齐，就会请熊熊上楼来小聚。那时，女婿的眼睛一刻不离 Findus，只要他一有图谋不轨的举动，就会第一时间上去护着熊熊，并狠狠地斥责 Findus。Findus 感到自己地位受到威胁，也认准了自己不是女婿的最宠，就常常避着他，两个的距离越拉越远。

有次女婿出差，忙中还发来短信：Findus 和熊熊都好吗？我知道，其实他是放心不下熊熊，毕竟小家伙能自由外出，担心会走丢了。把 Findus 放在

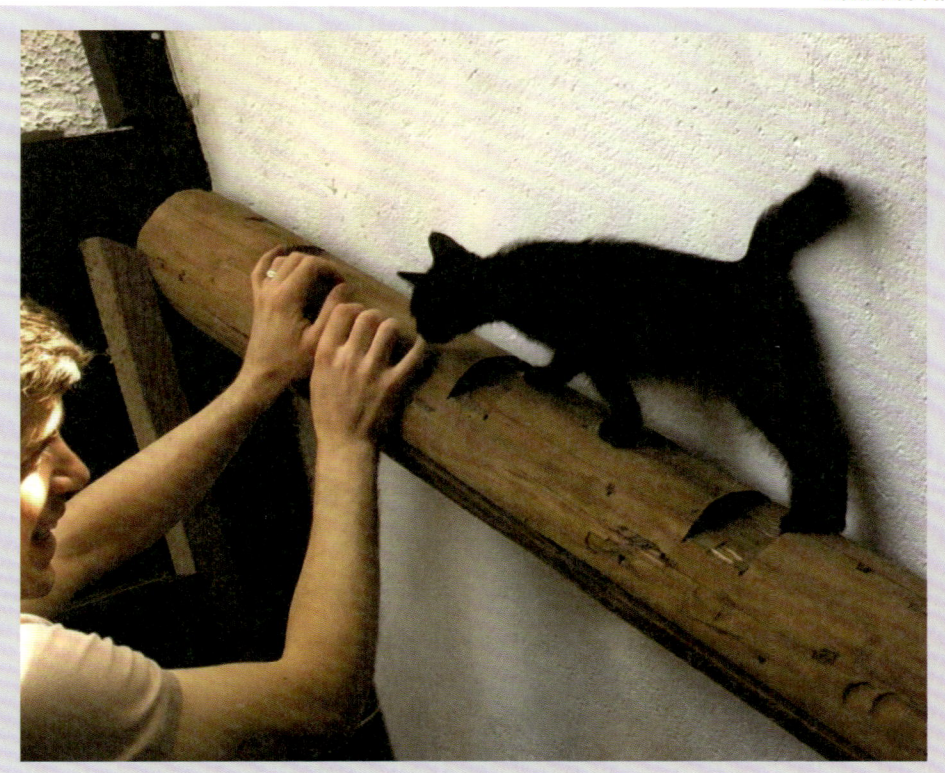

前面，那是照顾我的情绪。熊熊终于要被接去新家了，我把这消息告诉远在国外的女婿时，他一直没回我信息。后来从女儿那里，我得知他难受得哭了。我一再叮嘱女儿：千万别让女婿看到 Findus 骑在熊熊身上的那张照片！今天女儿竟然把这照片放到了微信朋友圈里，看来女婿早就知道了全部真相。怪不得，去国外两个多月，从没问起过 Findus。

20 小伙儿与熊熊的故事

在 Findus 一再拒绝接纳熊熊的尴尬局面下,女儿在微信群里发了领养启事。我焦急地等待着,也第一次真切地感到:自己是那么喜欢熊熊!是移情别恋?偷偷看一眼小宝,他睡得正香,想来只有上帝能洞察我的心思意念。

终于有一天晚上,女儿告诉我,有位小伙儿愿意领养熊熊。顿时,莫名的眼泪夺眶而出。女儿看着我,半天说不出话。人啊人,连自己都说不清道不明的泪,又如何让旁人解读?这小伙儿我们都认识,长得高大结实,对人诚信,办事认真。给我印象最深的是:一干活、一紧张,就满头是汗。我关照女儿,告诉小伙儿:要善待熊熊!要养老送终!没过两天,女儿哭丧着脸告知:小伙儿的意愿,在新婚妻子那儿搁浅了。忍住了泪,一家人在无助中祈祷。

"经我和妻子认真商量,决定领养熊熊,周六下午两点准时前来,可否?"一个多月后,当女儿把小伙儿的这条微信放在我眼前时,我感觉冥冥之中,不是人去选择猫咪,而是猫咪来选择人。凭我们对小伙儿人品的了解,这回是板上钉钉,真定了。小伙儿特别珍惜家,珍爱妻子,他不会做一点儿违背爱人心愿的事。之前想领养熊熊,妻子没做好心理准备,他只能忍痛割爱。后来,有一次为我们送东西,他在楼下偶遇熊熊。一个大小伙儿和一个小黑茸球互诉衷肠,难分难舍。据说,熊熊一直送小伙儿到弄堂口,小伙儿一步三回头,直到小黑熊那两颗金灿灿的亮眼,越来越远,完全消失在夜幕中……回家后,小伙

儿完全不能自已,他向爱妻倾诉这无法舍弃的情。毕竟是两个相爱相知的人,妻子也被这份不期而来的缘所感动。两颗心一样的热,一样的爱,这才是最和谐最幸福的!他们在家打扫整理,要让熊熊生活得更舒适。

我们这儿的等待,是期盼,又不舍。每天都要几次抱熊熊上楼,给他吃喜欢的猫粮,陪他玩各种游戏,并死死地看住Findus,一发现他有准备攻击的苗头,马上关禁闭,让他在玻璃门内反省。Findus像蔫了的花儿一样,耷拉着脑袋,眼睛却骨碌骨碌地转,想必在思忖着:"这小野猫在外机会多,定是抓了老鼠、小鸟不断贿赂献殷勤,才得此地位的。"

终于到了来接熊熊的这天,我比大宝出嫁时还坐立不安。当满头大汗的小伙儿和他热情爽朗的妻子,从我手中接过熊熊的时候,原先想好的话,竟一句也说不上。没送下楼,也没多看一眼熊熊。返身进屋抱起吓呆的Findus,湿的泪、热的吻全给了我这个留下的孩子。

21 中秋访熊熊

　　熊熊被接走已有两个月了。随着时间的推移，想见他的心情越来越迫切。趁着中秋，准备了给熊熊的礼物，兴奋激动却又忐忑不安地期待着这次亲密的会见。多次征求Findus意见："要否同去拜访熊熊？"他马上眼睛发亮，跳上窗台，探头寻找熊熊。Findus一直想不明白："这小冤家怎么也会玩失踪？"考虑到Findus乘车会受惊吓，看到熊熊也许仍要大打出手，最后还是决定让他留在家里。

　　我和女儿、女婿兴冲冲来到熊熊家，门一开，让我们惊讶：卡通的游戏房、满屋子的玩具和所有猫咪生活用品的齐全配备，组合在一起，简直就是童话世界。然而，熊熊非但没迎上来，用以往习惯的爱的表白，将自己的小脚踩住我们的大脚，还惶恐地躲到了沙发底下。不相信熊熊已经忘了我们，就静静地坐在那儿等，希望他过会儿想起来了，会主动出来与我们亲近。女主人将他从沙发下抱起，我赶紧举起手机想拍个照，熊熊见状，从家人怀里挣脱，又躲到了床底下。我家大男孩用熊熊最爱的斗猫棒，在床边耐心地一点点、一点点地引着他玩。一小时后，熊熊终于从床底下出来了。我的心也快蹦了出来，多想立刻上去把他拥入怀中，诉说别离后的思念。但我们不能靠近，稍微有点动静，他就又躲进床底下。我也试着用斗猫棒跟他玩，但他眼里全是惊恐，一直往里退，撤到床的深处，能看到的只是两个黄色的亮点，如我第一次晚上见到他时一样，只是里面多了明显的拒绝。我已累得支持不住了，起身，正好对着镜子，

71

中秋访熊熊

上图 中秋访熊熊

里面的我，昏花的老眼被黑眼圈团团围着，不堪的样儿，连自己看着都有点怕，难怪把熊熊吓成这样。我完全没了自信。一旁，我家大男孩傻傻地站着，布满了红血丝的双眼，蒙着厚厚的雾……再待下去会出洋相的，这洋人太直，像猫一样不会掩饰。努力克制着自己的感情，只请求让我摸一下熊熊。女主人终于抱起熊熊，我厚着脸皮，悄悄地靠近这个让我梦牵魂绕了两个月的孩子。手指触到他时，熊熊恐惧的眼神彻底击溃了我。毋庸置疑，他已把我们当作贸然闯入领地的敌人。两个多小时的守候和呼唤，没能唤起熊熊的记忆。大男孩像失去初恋的中学生，痛苦得眼里噙满了泪，一路无语。女儿告诉我，他一直深信：在上海，熊熊是他最好的朋友。我也郁闷，但我毕竟有Findus，而且当看到摄像机记录下熊熊每天傍晚六点准时跳上沙发，仰头望门等候爸妈回来时的场景，我就倍感欣慰。这个可爱的孩子是幸运又有福的。赢得心的陪伴，是无怨无悔的全方位付出。藉此让人明白：夫妻不能分居，孩儿不能寄养，确实有道理。

　　与大男孩和我相比，女儿是最潇洒的，她不会让某个人、某件事占据她的整个精神世界。儿时经历的坎坷，反让她比我们更成熟。回家路上，女儿谆谆告诫：深情但不要多情，多情未必是真情。珍惜当下，无论是有缘无份，还是有缘有份，都是幸运的福份。

22 待客之道

搬到新居后，来访的亲朋好友络绎不绝。除了奉上水果好茶招待客人，若有喜欢猫咪的，我们会请出小宝露两手。小宝慧眼识人：你位高权重，他不一定依你；你富贵美貌，他可能毫无感觉；你贫残老弱，他也不会出手相助。一句话：谁是猫痴他粘谁！

有位朋友人高马大，声如洪钟，动作夸张得像话剧演员。小宝特别喜欢他，一来就抱着朋友的腿，深情款款地看着他。原来这朋友家里收养着近十只流浪猫，身上的每一个毛孔都散发着爱猫的气息。

一群年轻的漂亮姑娘送来了成套的猫咪玩具，银铃般的笑声，给这幢百年老屋带来了青春和活力。姑娘们就是冲着小宝来的，可任你千呼万唤，他执意不见一面。我只能解释说："他心里一定很苦，要不是成了小太监，看到这么美的姑娘，还容得你们请？他早就扑上来了。"临别，姑娘们带着遗憾，因为到处找不到小宝，只能对着雪屋尿盆——埋着小宝最多气味的地方挥手告别。送客的门刚关上，他不知从哪儿钻了出来，跳上桌子，对着扎着丝绸蝴蝶结的礼盒，又咬又啃。他没搞错，这正是姑娘们送给他的礼物。不一会儿，他就从里面取出了各样玩具，尽兴地玩到累趴下。我抓拍到了一个现场，转发给姑娘们，那贼样，至少说明他是很喜欢这礼物的。

小宝也有温文尔雅的时候。有次医生朋友一家来作客，小宝的表现就可圈

可点。医生朋友曾是女儿的手术大夫，医术精湛，人品极好。也许是小宝感觉到了我们对医生朋友的敬仰，他也早早作着准备，一遍遍地洗脸，并把全身的毛反复地舔了几次。他知道，在医生面前，干净是很重要的。医生携美慧的太太和绅士般的儿子，各自都拿着礼物。小宝一嗅就断定，那位小绅士手里拿着的礼物与他有关。刚要上去探个究竟，我一声"小宝"，他就缩回了迈出的腿。

待客之道

上图 客人走了，赶紧拆包看礼物

小绅士赶紧将刚买的进口猫粮送到小宝面前。小宝咽了下口水，礼貌地"咪哦"谢了一声，照单全收。吃完，洗了把脸，还欲舔毛。小绅士有点急了，这套程序下来，小宝的表演又待何时？我太理解孩子的心了，赶紧一面呼唤小宝，一面拿起布偶老鼠，从楼梯扶手滑下去。小宝精神抖擞，屁股扭扭就冲下楼，衔住滑扶梯的老鼠，三步并着两步上了楼，把逮到的老鼠送到小绅士面前。医生朋友一再称赞小宝"神骏"。我们知道，面对并不漂亮的小宝，医生朋友智慧地选择了褒奖的措辞，让我们接受得心安理得。

小宝在朋友面前表现各异，但让我费解的是：小宝为什么要躲着人见人爱，且爱着他的漂亮姑娘？这猫心和人心一样，实在看不懂。

23 自然天成(1)

很少有猫咪喜欢化妆和穿戴首饰。大凡穿戴漂亮的，都是主人强奸猫意，以取悦自我审美而做出的不理智行为。我们也这样几次伤害过 Findus。女儿微信头像上，小宝戴着的红色领结，是特地从日本为他挑选的，我们都认为是最适合给小主子的礼物。那天趁他睡意正浓，快速给他扣上领结。Findus 在稀里糊涂中跳上沙发，看看几个奴才自以为是地点头称好，他警觉到发生了什么，"嚯"地低下头，感到颈脖难受，是桎梏！意识到尊严受辱，Findus 拼命反抗，用前爪狂抓领结。终于抓到了，用力拉断搭扣，还不解恨，对掉下的领结又一阵撕咬，弃之，一声长吼，好似丢下一句狠话，愤愤而去。

根据欧洲绘本里所展示的，Findus 应该是一位穿着牛仔背带裤的猫咪。我花了一个下午，用牛仔布为他量身定制了一条背带裤。自鸣得意地想着他穿上后的人模猫

样，竟笑出了声。一旁的 Findus 看我笑得诡诈，凑过来闻了闻背带裤，不置可否。我告诉他："这是名闻欧洲的 Findus 的牛仔背带裤，穿上后你就是大明星啦。"我一面炫耀，一面将他的两条腿先塞进去。他完全不领情，竭力挣脱，无奈背带缠在腰间。怒气冲天的主子，直立起身子，以急速跳跃的滑稽动作，抖动缠裹的背带。终于卸去后，他钻到床底下，几天都不和我说话。

Findus 非常矜持，不容侵犯他的自尊。戴上项圈，穿上衣裤，是累赘，更是荒诞又痛苦的事。这以后，我们发誓：一定尊重主子的心愿，再好看的猫饰品都不会去买。相信 Findus 完全能凭着自身的优势和魅力，让自己成为一个本色而又出色的猫咪。

24 自然天成(2)

每一个猫咪都是不同的，但是他们都有着漫不经心的优雅气质，哪怕是街头巷尾的流浪猫，都高贵得慢条斯理，保持着弥足珍贵的自由姿态。他们不会因喧嚣与庸俗的尘世改变自己，只是努力与人类达成一种默契，互相欣赏，却不干扰，行在各自的轨道上。

如今，Findus 体态健美，风度翩翩，一看就是个充满贵族气质的老爷。他毛发像绸缎一样柔滑，让我常会情不自禁地想撸撸。一般他都会接受，但更爱轻轻地拍，背上拍好，感觉恰到好处时，就翻个身，再拍肚皮，眯着眼，轻轻地吟两声昆曲。此时，才是真和谐——老爷、奴仆共享受。我喜欢他韧滑、纤细，却触觉灵敏、魅力十足的胡子，和转动自如的耳朵。这几样宝贝组合在一起，达到了几近雷达的功能。有趣的是，这胡子还与尾巴异曲同工：喜怒哀乐，让聪明的人类，几乎一目了然。胡子下粉嫩的小嘴，任你亲吻，不会像不修边幅的男士，常常在亲吻时，因胡子扎痛姑娘而遭拒绝。

我最喜欢 Findus 圆圆的大眼，晶莹剔

透的双眸满是新奇和智慧，在黑暗中更是璀璨如星。他的爪子是缩小版的虎爪，朝天摊手摊脚躺着时，我可以肆无忌惮地摸他的小脚爪。他向信任的人展示自己独特的优势：凭着四个脚底，共二十四块厚厚的肉垫子，无论在闲逛还是追捕时，都可以轻盈得悄无声息。

　　猫咪的光阴短暂，生命玄奥，他们欣赏上帝所赐予的那个自己。自然天成，才是最美最适合的。你们可以去隆胸、填鼻、装假睫毛，但请不要来改变我们！Findus和所有的猫咪一样，耐心地躲在自己的世界里，真实、纯粹地活着。

25 防火防盗防 Findus

一到晚上，老房子老弄堂，还是延续着老习惯，有专人在弄堂里边摇铃边喊话："门窗关好！防火防盗！" Findus 一听到铃声，就跳上窗台，探头张望，热情从没减退。是好奇？还是紧张？不得而知。

有一天，女儿准备在家工作，但电脑怎么也连不上网络。仔细一查，原来网线被咬断了。没网络就没法工作，急忙请修理工上门。师傅一看，断定是老鼠咬的。一边接线一边提醒我们快买毒鼠药。一旁的 Findus 看到师傅拿出一捆网线，兴奋得两眼放光，猫在那儿，伺机作案。我们在忙着自个儿的事，师傅在全神惯注地工作，Findus 也抓紧时间，用他尖利的虎牙，有滋有味地啃咬那捆网线。师傅回头发现，大喊一声："老鼠！"这坏小子吱溜一下躲得远

防火防盗防 Findus

远的。你稍不留神，他换个地儿，又啃了起来。师傅干完活儿，我们不但付了工钱，还赔了被 Findus 咬坏的新网线的钱。师傅走时还嘟嘟囔囔："你们家老鼠太厉害，这样子以后麻烦多了。"明明是个猫咪，师傅却口口声声"这老鼠"。看来，再不好好教育纠正，不但坏事，Findus 和我们都会颜面无存。我把被咬坏的网线放到 Findus 面前，再三叮嘱："你是猫，不是老鼠，以后不能再搞破坏！"他一副笃悠悠的样子，似乎并不感到这是个很大的羞辱。或许，他觉得时代不同了，老鼠能干的事，我猫爷照样能干！我们打扫现场时，他愈发起劲，不断把刚扫在一起的电线等垃圾扒开。他把一截电线甩上去又接住时，就像个灌篮高手；趴在地上，专注那堆垃圾的眼神和身姿，又像是个在战壕里准备冲锋的战士。

我不护短，除了"咬"，咱 Findus 真的是找不到其他缺点。但这缺点危害大，家里的电灯线、手机线、电脑线等，都曾不幸遭他破坏。作案频率虽然并不算高，可每次都带来一堆麻烦。必须提高防范意识！晚上楼下喊话，我们都会神经质地跟着高呼："防火防盗防 Findus！"坏小子见大家振臂高呼，又都在喊 Findus，以为我们又在夸他，得意地"咪哦、咪哦"边叫边伸出手，跳起来要跟我们击掌。那萌样儿，逗得我们直乐，哪还有气继续批评？大家不约而同地围着 Findus 蹲下，只为让他能拍到我们舞动的手爪。

在莫扎特温和抒情的乐声中，我们尽情地分享着喜乐。Findus 也好像已经懂得，"咬"时虽然痛快，但显得没教养，不是贵族该干的事．美妙的音乐才是真享受。这以后，几乎没再发生过咬坏线路的恶性事件。真的是音乐陶冶了 Findus？还是爱和宽恕使他改邪归正？一时还没实验数据予以证明。相关课题，动物学家也许正在探讨中。

26 洗澡

女儿在外租房住时,浴室就用一面塑料布挡着。每次打开浴室水笼头洗澡,小不点儿总会同时赶到。他撩开帘子,观赏美景。不是因为不穿衣服的女人让他着迷,实在是喜欢这水帘洞。这全身光溜溜的有啥好看?再多的珍珠撒满身,也是白搭,都不如自己永不换装的皮衣雍荣华贵。不顾大水滂沱,他冲进浴室,试图抓住这一串串掷地有声的珍珠。看到女儿身上的珍珠不断撒落,小不点儿急了,就跳上去狠命扑抓,换来的是一把把捏不住的水,没抓着一颗珍珠。这让小不点儿很没成就感,但他从不气馁——浴室不断传来女儿的尖叫。如果我在那儿,就会赶紧过去,把浑身湿漉漉的小不点儿强行抱起。此时的他真如水帘洞中的孙猴,活络得一次次从我手中挣脱。女儿的尖叫,曾惊动了邻里,有次门卫"砰砰砰"大声敲门,还问是否要报警。

搬家后的夏天,我打算在浴室里给小不点儿洗澡。准备了三个盛满温水的大塑料盆,第一个浸湿小不点儿后,用猫咪清洁液按摩,然后挪到第二、三个盆里依次洗净全身的泡沫。当我第一次抱起小不点儿往水盆里放时,他脚刚触碰到水,就从我手里挣脱,躲到床底下,怎么唤也不出来。这小子不是喜欢水吗?难道此水不是那水?!以后找了个机会逮住他,不由分说,按到水里就洗。这下更激怒了主子,拼命挣扎,誓死不从!我也使出全身力气,不获全胜决不收兵!以最快的速度为他沐浴。整个过程中,我紧紧抓住他两条前腿,他就用

洗 澡

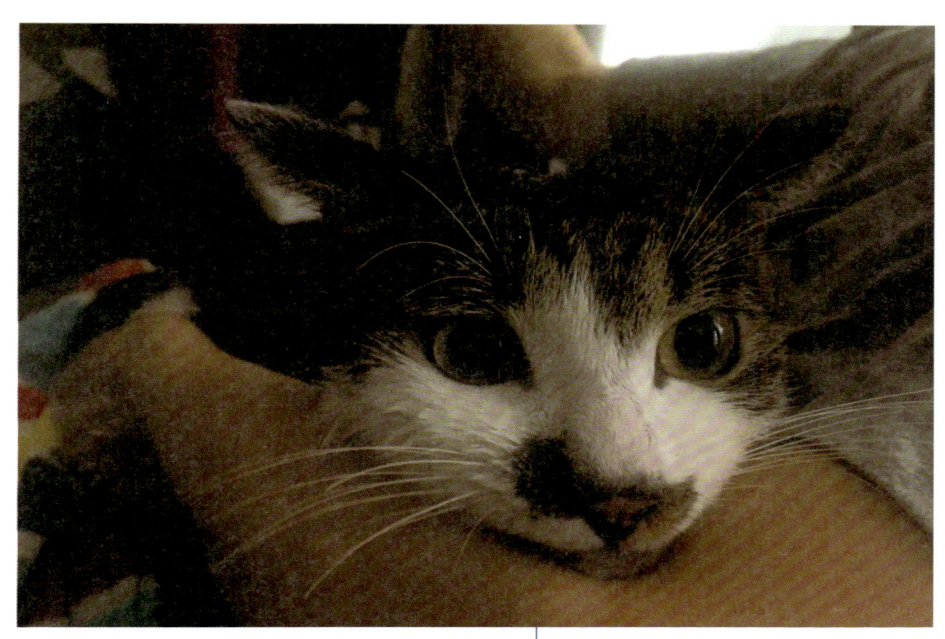

上图 洗完澡，任由电吹风呼呼地吹

两条后腿狠命地踢我，只要一有机会就狠咬一口。最吓人的是杀猪般的嚎叫，这震耳欲聋的恐怖叫声，竟传遍整个弄堂。有位邻居见面问我："你们家猫咪叫得那么惨烈，是遭遇啥不幸了？"我扪心自问：哪里做得不周到？让小孩那么怕水了呢？我还试着改变，先和颜悦色跟他唠嗑，再撸、再抱、再送入水盆，但情况还是一样糟糕。不过每次洗完，大毯子一裹，他就睁着可怜兮兮的大眼，蜷缩在我怀里，任由电吹风呼呼地吹，也不发出一丝声响，让我心疼不已。

此后只要一看到三只塑料盆，小家伙就魂飞魄散，躲到你抓不到的地方。

27 享受艺术

小宝刚来时，茶饭不思，怎么换口粮都没有食欲。有次家中莫扎特的乐声响起，他竟然异常兴奋，翘着尾巴，和着乐曲，蹦蹦跳跳地跑到食盆前，"啊呜、啊呜"将猫粮吃得精光。莫扎特乐曲明快的节奏和舒展的旋律，竟然医治了他的厌食症。

我家大宝从小喜欢舞蹈，在我好友家的大客厅里，面对近十位文艺界的专业演员，三岁的她，竟随着音乐，自编自演，满场飞舞。大家都诧异，这没学过舞的小娃，怎会跳出芭蕾的味儿？舞出美的韵律？三岁看到老，当年在座的都坚信：这小孩以后一定会成为舞蹈家。

大宝没能成为专业舞者，但她对舞蹈有着特殊的感悟力，擅长利用肢体语言，抒发无以言说的情感。只要稍稍有空，就会在摆满书橱的狭小客厅里，随着音乐，时而优雅，时而奔放……一旁的我和小宝看得一愣一愣的。小宝一开始趴在楼梯口，紧张又好奇。但不一会儿，就被这美妙而热情的舞姿所吸引。他拱起背，全身的毛都炸开，蹬着僵直的四条腿，侧斜着身体，跳啊、跳啊、跳……这是小宝自以为最好看又古老的万圣节保留节目"僵尸跳"。他感到自豪：咱也会跳舞，且柔软的程度，远胜过人类！

我最喜欢跟小宝玩躲猫猫游戏。在书柜后，模仿鸟鸣、鸡叫、狼嚎。他会猫头猫脑，非常紧张又兴致勃勃，黑黑的瞳孔一下放得好大。我也喜欢用卡通

85

享受艺术

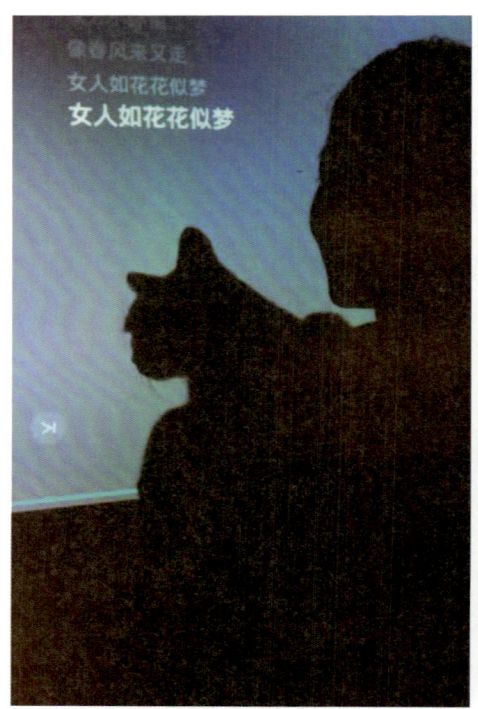

的舞姿演绎小松鼠神经质般抽动的身体，小宝会看得目瞪口呆。有时我又学大老虎下山时的精气神，步步逼近小宝，吓得他往后直退。我甚至四肢并用，学小宝走猫步时的妩媚样儿。他乐了，就跳到我背上：咱们一同看风景去。

有了艺术，生活就会更美好。人如此，猫咪也一样。

28 洁癖

猫咪几乎个个都是洁癖。咱家小宝，睡前、醒后，迷迷糊糊半闭着眼，都必须先洗脸；一天几次从头舔到脚，而且每个脚趾头，都要掰开了舔，不让它有一点异味，怕被奴才们笑话；拉屎撒尿后，把屁屁舔得干干净净，决不亚于日本人方便后，用马桶上电冲洗清洁屁屁的干净程度。

这两天，我在家留二十四小时尿检。每次将尿液倒入医院规定的塑料瓶时，小宝就狐疑地闻闻，似乎在不满地嚷嚷："为什么不倒掉？你这奴才竟懒到这样！"当晚，他实在不愿忍受那一点点气味，独自睡到了楼下。

小宝是男孩，怕他青春发育后，经不住美眉们充满活力的诱惑，会闹得家无宁日，故当时未征得他同意，我们就决定请医生上门为他做去势手术。医生在电话中强调，必须在他到来前，先将猫咪绑起来，免得到时抓不到。"怎么可能！我家猫咪很好客，他一定会在门口欢迎您的！""请按我的指令做！我身上有杀气，猫咪不会欢迎一个屠夫的。"尽管被他说得吓嘶嘶，但我们仍不愿遵医嘱，只是一直将小宝抱在怀里，说尽各种各样当太监猫的好处，并承诺：除了性，啥都满足他。门铃响，医生来了。开门一刹那，让我也倒吸了一口冷气：高大的个儿，冷峻的脸，凶煞的大眼配剑眉……我家小宝还没搞清是咋回事，麻醉针已打好。医生动作熟练、果断，手起刀落，快得我都没看清，手术已经结束。医生把带来的伊丽莎白围兜系在小宝的脖子上，阻止他醒来后舔抓

伤口。"这下太平了,只是麻醉过后,一定会乱撒尿的。"丢下话后,医生自信满满地又赶去下一个猫咪家。

我们轮流陪在小宝身边,心痛地等待他苏醒,也随时准备为他清理尿尿。已经忘记等了多久,忽见小宝摇摇晃晃欲站起身,然后跌跌撞撞向着雪屋尿盆走去。我几次想去帮他,都被拒绝。他一定恨死我了:"你这伪善的家伙,竟斩尽杀绝,让我以后在众猫中,还有何脸面?!还有,对门那个钟情于我的小

洁 癖

左图 趾如明镜台，时时勤拂拭　　中图 脸如明镜台，时时勤拂拭
　　　　　　　　　　　　　　　右图 头如明镜台，时时勤拂拭

花，让我如何向她交代？！"可怜的小宝被大围兜阻挡着，几次抬起虚弱的前腿，都跨不进雪屋尿盆。他的身体软弱得像坨烂泥，数次跌倒又撑起。爱干净的小宝自强不息，就这样一次次挣扎着，努力着。最后终于挪进尿盆的那一瞬间，他忽然浑身瘫软，晕倒在猫砂上，但同时，也将术后的第一次尿尿，成功地嘘在了尿盆里。

29 关于吃

现在，小宝晚上习惯跟我睡。临睡前，会下楼到女儿女婿房里兜一圈，蜻蜓点水般巡视一遍，摸下情况，然后"咪哦"一声算是道别，上楼与我共眠。

这两天女婿不在上海，我就有机会和女儿睡在一起。小宝自然也跟了来，睡在我俩当中。这是我最喜欢的模式：一面撸着小宝，一面与大宝说着只有我俩听得会流着泪笑，笑过又挥之不去的点点滴滴……今天一早，小宝先来喊我，亲吻、踩奶、苏昆，一整套动作结束，我没理他。小宝随即将目标转向大宝。亲吻、踩奶，仅完成了前两项，大宝就被花得头头转，立即起来烧虾。大约半小时后我起床，到厨房一看，小宝仍蜷缩在灶台上，两眼直勾勾地盯着烧虾的小锅。我问小宝：虾已吃过，为啥还在这呆着？小宝马上"阿乌、阿乌"地向我告状，诉说他所受的屈辱和背叛。女儿在厅里解释："给他吃了，只是烧了一个虾。"小宝"臭——臭——"地尖叫几声，他和我想说的一样："文科博士，一等于二吗？"我觉得大宝有点过份，每天两个虾不算多吧？总不能为了还房贷，就克扣小宝的伙食！大宝不买账，说自己才是真爱，多吃虾不一定健康，一个应该够了。"说话、做事要有科学依据，为什么不调查研究，就擅自作出决定？"在我理直气壮的责问下，大宝吃瘪。看着郁郁寡欢的小宝，我冲到餐室，从冰箱里又拿了一个虾，马上为小宝补足今天的份儿。小宝吃完这约定俗成的第二个虾，无精打采地走到猫房，还必须吃些猫粮，填饱肚子。

关于吃

上图 一小根零食，一点点掰，小家子气

但见小宝站在那儿，看着碗里的猫粮，一动不动。我跟过去一看，碗里有几个虫在爬。大声把女儿叫过来，让她看看，这虫爬过的饭，让他怎么咽得下？！大宝夸张地鬼笑着，冲我说："对不起，他不是你！"这下我真生气了，难不成你就不会换位思考！自己在国外，总说吃得不如国内，回来啥都好吃。连从来不爱吃的排骨年糕，也吃得狼吞虎咽。尽管医生认为大宝体质不宜碰海鲜，但还有数不清的东西可吃啊。可咱小宝，除了干猫粮就是湿猫粮。这些猫粮我都尝过，实在谈不上好吃。爱吃的海虾每天也只有两个，但这些他都认了。食

妈咪大人的猫咪札记

上图 这，我能吃吗？

色性也，不要以为只有人才配有这些欲望，扪心自问，一个被我们残忍地剥夺了性爱的猫咪，难道还要限制他吃的乐趣？虫虫拌饭、一个海虾，我认为有虐待倾向。这让我想起儿时组织参观的反帝爱国教育。那是关于外国人在徐家汇土山湾办的育婴堂图片展，其中有张照片是孤儿们围坐在一起吃饭，照片下写得清楚：那是生了蛆的馊饭。虽然从照片上根本看不出碗里的东西，但以后很长一段时间里，只要一吃饭，我就想到蛆虫，就恶心得想吐。小宝刚才也一定恶心得想吐，我理解他。今天晚上，当着大宝的面，我又为小宝烧了一个虾，给小宝解解气。也让大宝长记性：别以为书读得多一点，就可以瞎咋呼。

30 关于睡

猫咪的睡，真是羡煞每个难以入睡的人。姆妮一世、二世、三世都是标准的睡美猫。现在姆妮三世正值青春年少的大好时光，热情好动，最喜欢玩躲猫猫。当我累得稍停时，他仍乐此不疲，围着自己的尾巴兜圈圈，自娱自乐。也许是转得头昏目眩，说停就停，原地躺下，白肚皮朝上，倒头就睡，放肆得如入无人之境。他也喜欢在我腿上休息，专心致志地舔毛、擦脸，洗漱完毕，打个哈欠，身子一蜷，五公斤重的他，无所顾忌地压得我浑身僵硬。当我不得不换个姿势时，他也就跟着稀里糊涂地换个样儿，然后继续蒙头大睡。

家里来了客人，他不用察言观色，来人的气场即能让他判断，是留下奉陪，还是得赶快撤离到床下临时避难所。不管外面发生什么，他都可以沉沉地睡去。无论你从床的哪个方位伸手，都触摸不到他的身子。有次朋友一定要抱抱他，我只得动用了吸尘器。可能不小心吸到了他的尾巴，随着一声惨烈的尖叫，他从床底下慌不择路地钻了出来。可是谁都别想去碰他。气得发飙的姆妮三世尾巴和脊背上的毛，刷地竖起，只靠着两条后腿站立，两个前臂的爪子张开，像拳击手似的，随时准备出击。他在警告我们："老爷想睡时，谁都不许打搅！更别拿你们所谓的现代化电子武器来威胁我！这是原则！"

三世有时也会闷闷不乐，四处瞎转悠后，无精打彩地站在某个角落沉思冥想，一副生无可恋的样子。但他绝不会就此消沉，忘记一切不愉快，睡个好觉，

妈咪大人的猫咪札记

才是当下最实惠的享受。

　　睡是猫的生存哲学，姆妮们都深谙此道。不可思议的是，无论是浮生偷闲的小憩，还是深沉香甜的酣眠，都始终保持警醒，他的耳朵随时都会朝着发出陌生声响的方向转动，也会突然睁开眼睛搜寻。到底是睡着了？还是永远都在戒备中？这正是有关猫咪的最奇妙的悖论。在人类世界，失眠困扰、折磨着浩荡的人群。每晚，有多少人无比痛苦地在漆黑的长夜辗转难眠！如果能破译猫咪睡眠的密码，成功地让失眠者获益，可以想睡即睡，睡得惬意、安稳又平静，那该是多么美妙的享受啊！人，越敏感细腻、越热烈地付出感情，就越容易收集和背负沉重的包袱。一天下来，打开包袱，乖乖隆地咚，一地鸡毛……睡，成了有钱有权有能力都无法获得的最奢侈的享受。

95

关于睡

上图 书山有路惟欲睡

31 关于"拉撒"

一直觉得Findus原来应该不是个小野猫，只是在患病后才被人遗弃的。因为他的很多习惯，是受过训练的家猫才具备的。

领养的当天晚上，从医院给他看病回家，没来得及买猫砂，只得拿个盆，放些旧报纸铺垫一下，希望他别像野猫那样到处乱撒尿。Fidnus很理解、很懂事，马上跳进去，一会儿几张报纸就湿透了。他跳出盆，在那儿把弄得又湿又臭的脚丫舔了又舔，女儿赶紧用毛巾替他擦干净。小家伙仍觉得不妥，再反反复复舔到自以为可以了才停下。租的房子太小，只得在小塑料盆里放上猫砂当尿盆。Findus觉得，这样的方便，实在太不方便。他缩在一边想方便，却又怕拉在外面，就在盆里不停地兜圈子。实在憋不住了，才不顾礼仪，放肆地撒尽。常会有些许尿尿撒在外面，Findus会用爪子在地板上来来回回扒，这样的无用功，可以一直持续到我们用布擦干净地板，他还要再扒上几下，以示他是尽心尽力恪守规矩的乖孩子。

Findus也有便秘的时候。我几次见他跳进尿盆，一本正经要拉粑粑的样子，可他就是拉不出。这时他就会不断地扒猫砂，拉不出就怪猫砂没吸力？这样几个来回后，居然真能成功排便。搬回家后，给Findus买了个大的雪屋尿盆。我们每天几次清理尿盆，爱干净的他，感到新尿盆既干净又舒适，竟常会躲进尿盆里睡觉。有次忘了他还有这癖好，到处找不着，急得给女儿打电话。他可

关于"拉撒"

能是听到了我叽叽呱呱一直在说着Findus的名字，懒散地从尿盆里出来，斜眼瞄着我，老大的不满，是我又搅了他的局。

　　Findus讲卫生的好习惯，表现得最让人感动的一次，就是割了小蛋蛋，麻药未全醒时，跌跌撞撞，坚持爬到尿盆里，在即将昏过去的一刹那，成功地将尿尿撒在了尿盆里。记得有次我把尿盆洗了晒在露台上，忘了拿回来。Findus一直跟着我"喵呜喵呜"直叫。给他吃，逗他玩，都不要，以为他无理取闹，索性不理他。可怜的小家伙一直等到晚上，我从露台上取下尿盆，他才得以钻进去方便。

　　在外经常可看到小孩被家人抱着随地拉屎撒尿。有次在站台，见一大妈托着个四五岁的孩儿把尿。尿尿溅到候车人，遭到批评时，那个大妈竟大言不惭地叫嚣："童子尿不脏，吃了都能强身。"实在听不下去，我在一旁插话："那您就直接把嘴凑上去喝了不更好！"路人一片哄笑，对方骂骂咧咧，看来并不知耻。植根于内心的修养，才能造就无需提醒的自觉和为别人着想的良善，不然只能是毫无约束的自由。与Findus在一起，常会让我自省：猫咪有的良好素质和超强的自制力，我们人类又做到了多少呢？

32 送别陈皮大元帅

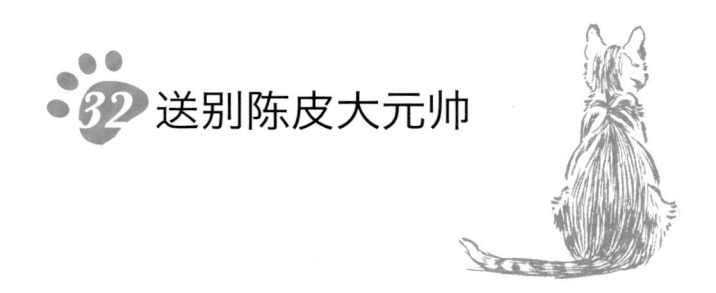

早上正抱着Findus玩，女儿过来，神情凝重，不说一句话，将手机放到我面前。我心里一震，知道定有不好的消息。果然，陪伴了陈子善教授十六年又十个月的爱猫陈皮大元帅离世了。虽然只是在朋友圈上常常拜见大元帅，但他温顺、快乐的形象，随着陈教授几乎每天的微信传递，融入了我的生活，让我觉得他就是我一位可爱又可亲的猫朋友。中秋节那天，陈教授突然告知皮帅病了，暂不出镜。我们的心就一直揪着。今天得知陈皮大元帅真的告老归天，不陪陈教授了，在朋友圈里也再看不到皮帅了，真真心痛不舍！

今天的雨一直没停。透过濛濛细雨，想着陈教授亲自护送皮帅去沪青平公路上的一家宠物殡仪馆火化，又抱着皮帅的骨灰罐，回到往日朝夕相伴的居所……家里，永远缺失了一位亲爱的成员。那皮帅曾陪伴陈教授撰写各种文章和专著，虽没有为主人铺纸研墨，但每一篇，都在一旁静心体味。陈教授是著名的张爱玲研究专家，想来皮帅也一定是位忠实的玲粉，懂得欣赏悲哀苍凉的意境，更能洞悉张爱玲孤高冷傲背后的真性情。

皮帅走了，但相信他不会走远。因为相爱的，是永不会走出心扉，不会远离的！皮帅一定把很多很多他还想做的事托付给了仍在陈教授身边的爱猫多帅：陪陈教授写，陪陈教授眠，陪陈教授食，更要陪陈教授乐！有一个猫咪在身边，有几个曾经生活在一起的猫咪在心里，有一群猫咪朋友在周围，足矣！

妈咪大人的猫咪札记

上图 陈皮大元帅

此刻，携爱猫 Findus，捎去我们对皮大元帅的思念！也送上我们对陈教授最真挚的祝福：愿在猫咪带来的暖暖的快乐中越活越年轻！

33 爱猫者

"猫咪的每一个动作都是可爱的!"这是儿时听妈妈说的。至今还清晰地记得她说这话时眯着眼,太阳照在脸上,一副享受的样子,那神态像极了猫咪。六十多年间,猫咪来了又去,去了又来,他们带给我回忆,也舔抚着我的旧伤新痕。

昨天,陈子善教授的爱猫陈皮大元帅走了。站在群书之上的皮帅一脸傲气,独独把他的温顺和活泼给了陈教授。文人阅读书写,一旁总有爱猫相伴,这好像已成了特定的画面。新奇的是,在英国参观丘吉尔庄园时,听到一则趣闻,发现这位坚决抗击法西斯的铁腕首相竟然也爱猫:二战中,伦敦遭到大轰炸,丘吉尔的私人秘书在空袭警报拉响后,遍寻不见首相。后来发现他没去防空洞,却半裸着身子,勉强将头挤进衣柜底下,正安抚着自己的爱猫,还鼓励猫咪从躲藏的地方昂首走出来,勇敢面对敌人。这位充满奇特魅力的领袖,原来还是个如此可爱的猫痴!

文人爱猫,伟人爱猫,普通人家也爱猫。仅凭一声"喵呜",一个猫步,就足以让猫痴得安慰。此刻,我和小宝躺在靠窗的床上,初秋的阳光照着我和他。小宝柔软的身体围成了一坨,轻轻的呼噜噜,好像为自己哼着摇篮曲。别以为他睡得香甜酣沉,我每翻一页书,都会让他耳朵竖起。去倒杯水,他也立即站起跟随,神情委顿却心愿盈盈地站在饮水机旁候着。近半年来,小宝变得

妈咪大人的猫咪札记

左图 别批斗我　中图 当心这些功利的聪明人

朝暮尾随，常常由于他跟得太快、太近，尾巴被我踩到。女婿不悦，说我夺走了他抱回的猫咪；女儿嗔怪小宝把我当娘。我则内心愧赧，小宝确实与我越来越亲，但我其实有点博爱，还曾多次因此伤害过小宝。记得最过分的就是几次把门卫的绅士猫抱回家，小宝为此气得发狂，竟躺在地上肆意撒泼。尽管后来再不敢邀绅士猫回府，但那猫好像知道我爱死他，只要我经过门卫处，他就不顾家人阻拦，冲上来和我亲热。带着一身绅士猫的气息回家，小宝凶巴巴地上前查验，鼻子嗅得我心"噗噗"乱跳。就像在外偷了腥的男人，自知理亏，只能用拥抱加倍表达自己此时此刻的歉意。小宝才没那么傻，他早已嗅出我的不忠。直到我沐浴更衣，似乎是一个全新的我，他才愿意让我亲近，在我身上前

前后后、上上下下蹭个遍。这失而复得的热烈，让我不知所措。

　　小宝的发嗲、萌呆、懑睡、情咬，甚至撒泼，都是可爱的，和所有猫咪一样，他们才是360度无死角的真明星。喜欢黄永玉在自家府邸"万荷塘"供养的众多动物，更喜欢他笔下的各种生灵和意味深长的题词。当然，最打动我的是那些关于猫咪的图文。这老顽童曾说过："这个世界之所以乏味不堪，有时候就是因为功利的聪明人太多，而有趣的好玩人太少。"我自觉无趣，也不好玩，但幸好算不上是功利的聪明人，只想藉此小文常常送上我家小宝的一颦一笑，一举一动，与众同乐。

34 投药记

老房子常有小强出没。在网上买了拜耳的灭蟑螂药,说是对宠物无害,但仍担心小宝会误食。我和女儿就趁他熟睡时,在橱柜底下,角角落落,他碰不到的地方,用针筒注射胶饵。

小宝不知何时发现了我俩鬼鬼祟祟、紧张兮兮地在避开他干着什么,就警觉地凑过来,疑惑的眼神盼望立即得到解释。怕小宝万一过来吞食,我们加快了速度,也顾不上答理他。小宝见我俩一反常态,无视于他,眼睛一瞪,尾巴猛甩两下,硬是挤到了我们前头,吹着胡子,瞋顾我俩,好像在指责:"太不够朋友了!轻易抛弃曾经的合作伙伴。每次都是你们看到小强吓得大呼小叫,是我沉着机智,不顾劳累,把逮到的小强弄个半死,再带到你们面前,一起清理战场的。"无法与小宝说清,只得让大宝独自注药,我就一面轻轻撸着小宝,一面耐心解释,希望求得小宝的谅解。但他一点都冷静不下来,气急败坏地抡起前臂,"嗯吱嗯吱"狠命要扒出橱柜底下那些我们刚注射进去的胶饵。还好我们放得深,他一颗都没扒到。这药,我们闻着一点都没味儿,但小宝仍拼命地到处嗅,以此告知我们:这绝对是危险品。他讨厌这特殊的味儿,也怕这味儿伤到大家。断定我们想藉化学药物来杀灭小强,是愚昧的,是低估了他捕杀的能力,是对他的不信任,尤其是背着他,偷偷摸摸的行为让他伤透了心。

面壁俄顷,猝见一不知名的小爬虫悠然走过,小宝猛扑过去,用爪子打,又用嘴咬,一股恶气全出在这贸然出现的倒霉蛋身上。

35 独处

猫咪大都是喜欢独处的。姊妹家领养的三个猫咪，各自为政，互不干扰。有一次两个猫咪患病住院治疗，家里就剩一个猫咪。那小家伙一改以往的无复聊赖，精神面貌焕然一新，对猫生似乎充满了兴趣。以前成天窝着不动，现在则很少打盹，一早起来就蹦蹦跳跳哼着自编的曲子独乐；吃饭变得有滋有味，睡觉不再常常惊醒；闲暇时优雅地依窗而立，舒畅地看风景，欣喜的眼神告诉你，这世界变得真美好；也懂得了享受和回馈爱，在你撸他时，不再惊恐地逃

上图 来扰我扚当心吃拳头

离，会主动蹭着家人的腿表示亲热。姊妹看着熟悉的猫咪，怎么也想不明白，他为什么就突然性情大变？这样的日子随着另两个猫咪康复出院戛然而止。见他们回来，他局踏至墙角，没有了曼妙的歌声，没有了欢愉的神情，一切回到了以往。

　　听着这猫咪的故事，心很酸……他是否如人一样，因为优秀、美貌而遭暗算、受排挤，恐履不吉，远避二猫？还是他没有豁达的襟怀，与那两位三观不合，无以苟且度日？不管什么原因，这日子定是难过。与猫咪相比，我们人类至少可以说理、抗争甚至逃离。当然，在特殊的时间、地点、条件下，人也一样无助，一样悲哀，一样在囚笼中等待死亡。心疼这个耷耳俯首的小猫咪，却又无从解救。真希望他从此能摆脱二猫带来的不为人知的压力和阴影，再启逍遥、快乐的猫生。此刻庆幸没留下熊熊。Findus 不喜欢熊熊，是因为同性相斥？或见之就有说不清的不悦？真正难凭我等浅识去做判断。若强行夙夜与俱，不是抑郁也会躁狂。人如此，猫也是。祈望 Findus 和所有的猫咪都有自在、欢畅的一生！

36 真朋友

　　我有两类朋友。一类平时联系不多，有的甚至可能十几年只碰面几次，然而一旦有事，彼此都会鼎力相助。另一类是朝夕与共，亲密无间，但他若发现危险来临，立马弃友而逃。他就是我的猫朋友 Findus。

　　对这样一位看似不忠不义的家伙，我却是心甘情愿为其效劳，而且爱得毫无怨言。的确，刚领养 Findus 时，我只因为他是猫咪而喜欢，没看出他比我的前两个橘猫更优秀，好像就是个没心没肺，淘气又不懂事的小屁孩。经过一年多的相处、磨合，才发现，Findus 不只是我喜欢的猫咪，他更是我暮年最好的伙伴。他在预感危险时的逃离，是因为他深知自己太小太弱，保护不了自己，更保护不了我。惹不起，还躲得起，才选择的下策。他心里实在是有我的。在我读书看手机忘了休息时，他缓步来到我跟前，睨注良久。若我太投入，没在意，他会生气地冲我"呜啊啊"大吼一声，催促我快快休息，也能与太长时间独处的他互动。感谢我亲爱的朋友！有他在，一切变得那么有序。休息片刻，轻轻抚摸他舒滑柔软的身体，是特殊的享受；与之说着无处倾诉的悄悄话，更是惬意的释放。Findus 满足地依偎着我，全神贯注似在凝听。此时我俩身心松弛，彼此感恩。

　　Findus 常用深邃澄澈的大眼审谛着人，上下打量，让我觉得很不自在。我还有什么值得让人欣赏的呢？在人那儿自然没有，但 Findus 也许就是喜欢我这样的老人，动作是慢的，说话声音是轻的，还总是有大把的时间可以陪伴左右。这样的推断应该是合理的，要不然，他不会总这样含情脉脉地顾盼，并在凝视一阵后，就"呜啊"一声，移步至我身旁，在我的裤腿上蹭满他细细的体毛。若我是坐着的，就跳到我腿上，咪咪呀呀絮叨着甜言蜜语，像是在说：

无虞老去，你一起慢慢眼，有滋有粗糙又长了起来更有阻我也被他布得中情所激，形影相随，耍，还是在到我离开，活脱脱一个出，他似有服，他蹙蹙

最浪漫的事就是陪变老……他眯缝着味地舔我的手，这茧子的手，可能舔力，独独让他喜欢。满倒刺的舌头，舔温暖无比。我俩如无论他是在跟谁玩哪儿熟睡，只要听就必定尾随在后，小跟班。每次我外预感，见我在换衣地站在衣柜旁，满

眼都是不舍。不知猫咪为啥不会流泪？我想他是有泪的，只是流进了心田，一次次地浇灌，成就了今天的爱。急急忙忙赶回，他就在楼梯旁等着，紧挨着我一起上楼。

猫咪不会笑？是的。但他此时从楼梯上轻盈地跳下又蹦起，若回若往的肢体语言就在告诉我们：他开心极了。幽杳之夜，天天陪伴。他喜欢睡在我左面，

真朋友

左图 在妈妈的被窝里送她一个温暖的眨眼　　上图 有时候，你的眼睛比大虾还吸引我

　　头靠在我胸口，感受着我的心跳，怜爱地望着我。听我轻轻地哼着自编的安魂曲，他渐渐睡眼朦胧，慢慢进入梦乡，直到发出"呼噜呼噜"的鼾声。早上，他再也不像儿时，凌晨三点半就大声吆喝。他醒来后，制行不苟，端坐在我身边。见我眼睛动一下或翻个身，就凑上前看看，若我不作声，就退到原位，凝眸睇视，继续等待。我不忍心多睡会儿，七点前一定起床，抱一下可儿，叫一声"烧虾去了！"Findus 这时真憋不住了，冲在我前面，肉嘟嘟毛茸茸的小屁股，从楼上摇摆着快速顺梯而下。

　　Findus 长大了。没有为大虾一早叫醒我，也不再因起得晚而咬我，他已经懂事，学会了理解和尊重，珍惜上帝赐予的缘份，默默地守候着一个老去的朋友。

37 谜一样的猫

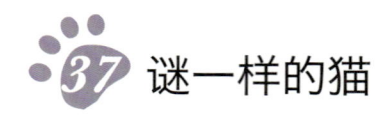

我有个习惯，每天夜里只有等到家人外出归来，才能入睡。这两天晚上，女儿夫妇俩外出听讲座。第一天，Findus 见我打破老规矩，十点还不关灯歇息，就有点诧异。到处巡视，不见异样，就窝到我身边，瞌睡连连地陪着我。十点半，他猛抬头，起身，"嗖"地奔下楼，我知道一定是他俩回来了。Findus 像见到久别的恋人，欣喜若狂，满屋子疯跑，经过他俩身边，腾踔扑打，并且不忘奔上楼来伊哩哇啦地告诉我。直等到那两位关门入睡，他才上楼安心睡觉。

昨晚，两位又去听讲座，我仍然等待。十点半到了，Findus 开始不安地上上下下。一次次下楼等不到，失望又惆怅，上楼的脚步慢而沉重。但每次他总要向偃息在床的我"喵喵喵"叫上几声，似在向我禀报："未见踪影，不知何故？"他楼上楼下反反复复奔走了数十次。直至十一点，他们总算归来。Findus 嗒然蜷缩于门前，撸他亲他都不回应。少顷，他怫然起身，径直上楼，趴在我身边，还没拍上两下，便倒头睡去。

他的时间概念咋这么强？这么准？思来想去，一定是造物主给他安放的生物钟，远比人类的机械、电子等报时器都精准得多。那为啥前日见他们回来那么兴奋？而昨日却万般冷漠？试解为：前夜十点，熄灯休息，Findus 安然入睡。美梦还未开始，竟闻二人蹑手蹑脚回了屋，本就切盼日日得享天伦之乐，此时当然欣喜万分。而昨夜那么晚，也不来个信息通报，让他一等再等，上下折腾

111

谜一样的猫

了一小时，实在有些恼火。或许，他也顾及我的身体和睡眠，怕我睡不好，影响明早起来烧大虾……以人心度灵猫之腹，谁也！Findus两天截然不同的表现，如同他常常让人丈二和尚摸不着头脑的怪异举止一样，教人颇费思量。这高冷却温存，热情亦安逸，率直又含蓄的小生灵，奥秘如谜。他没能说出口的智慧，是宇宙的秘密，是造物主特赐的恩典。

上图 书中自有阴阳脸　　左图 跟着我干嘛

38 躲猫猫

有了小宝，我又重拾了儿时最爱玩的躲猫猫游戏。

记得那时，我还是个小学生，一下课就直奔衡山公园。大树草丛，亭台假山，到处都是藏身地，天天疯玩到天黑。夏天镜子里的自己，除了眼白和牙齿是白的，其他都墨墨黑。现在跟小宝玩躲猫猫，我自诩除了体力，其他一定不会输给他。没想到，即便我脱了鞋，脚步再轻，无论躲到哪儿，小宝立刻就会发现并追到我。其实我们人类的视、听、触、嗅，哪一样都远不及猫咪，更何况我已年暮。"躲猫猫啦！"小宝听闻，马上进入战备状态：圆瞪炯炯双眼，转动灵敏耳朵，毛茸茸软绵绵的身体紧贴地面，屁股再晃几下，冲锋在即。此时假如我突然扑过去，他会措手不及。沙发和床底下，是他必然的选择，这两处我都抓不到，只能大声喊话："出来，算你赢！"不一会儿，他钻出，斜视一眼对手，畅然自雄。我若稍停，他会在我腿上拍一下，命令战斗继续。我乘间掩入门后，从门缝中观之。只见小宝舔舔两爪，这是猫咪在摩拳擦掌。趁他不备，我呲牙咧嘴，张开十指，挥动双臂，一下冲过去，小宝瞿然，对这样的偷袭很不乐意。他玩兴正浓，不想收兵，就自个儿快

躲猫猫

步躲到楼梯下,猫着脑袋,准备伏击。不要以为我不在他的视线范围内,其实他的眼睛、耳朵、鼻子都能随时捕捉到我的"气场"。我躲在楼梯旁的衣帽柜一侧,根本看不到他,也听不到他走路的一丝声响。等了会儿,想伸头摸摸情况,不料,他也正探头探脑,贼溜溜地朝我走来。双方毫无戒备地相遇,小宝耸身定息,继而惕然伏地。我也毛发森竖,浑身都鸡皮疙瘩骤起。小宝当然不知我也这般不堪,他以为自己输了,且输得心服口服。他退到地毯上,开始全身舔毛,梳理、调整心态,继续战斗。

　　躲猫猫从小玩到大,与人玩,与猫玩,玩得不亦乐乎。但是有那么一次,真正是伤到了人,伤到了我的孩子大宝。三十多年前冬天的一个夜晚,我带着大宝去高安路牛奶公司吃攒奶油,吃完等25路电车准备回家。一时兴起,想跟大宝玩躲猫猫,就把她留在站台,自己躲到一旁。转盼间不见了亲娘,大宝惶悚无措,在等车的人群中,仰着小脖子小脸四处寻找,那小样,让我乐得弯下了腰。猝闻大宝伴着撕心裂肺的哭叫声急呼妈妈,我这才过去,抱起三岁不到的大宝。一直不知这事竟给孩子造成了伤害,直到大宝上大学住读,来信提及,我才后悔不已,至今心有余悸。大宝告诉我:那天夜里,忽然不见了妈妈,抬头寻找,只见一个个又高又大的人,在光照不匀的幽暗路灯下,脸不是煞白,就是半

黑不白，缩着颈脖，统统瞪眼望着左方，那些人嘴里呼出的热气，在寒风的黑夜里犹如鬼怪妖魔吞云吐雾，仿佛随时都会把她吞没了。那时怕妈妈不要她了，怕这些毫无表情的人拎起她就丢到黄浦江里。这可怕的一幕，在梦中反复出现，在儿时一直如影相随。

现在想来，不只此事，在很多方面，我真不是一个称职的好母亲。然险中有惊喜，竟有神奇大手相携，孩子在特殊的看护、特殊的关爱中一路走来，有平安也有喜乐！

39 享受过程

现在的人目的性很强，过程失去了享受，在不同阶段学到的人生道理，也往往遗落在追求目标的繁忙之中。想起写这些，是因为有了Findus。

一开始，我们以为Findus的所有行为都是有目的性的。他一旦来叫醒我们，是为了吃大虾；把布偶老鼠衔来，是为了要陪玩；蹭你，是拍马屁……但一年多的相处、交往，几乎完全颠覆了原先的论断。Findus的确有最基本的生理需求，在他自己无法获得时，会求助于他信赖的人，但是他更需要享受整个过程。今天Findus的表现使之再次得到了验证。上午女儿在家备课，Findus好几次把从窗外衔来的树枝条放在电脑上，他希望这位朋友能好好陪他玩乐。女儿随手拿起树枝，边工作边挥动，想以此满足他的渴求。陪伴必须用心和尊重，这么一心两用的玩，毫无美感。他知趣地退到猫架上，望着窗外淅淅沥沥的秋雨，心情似乎也潮潮的，一脸不快。午饭后，Findus对着女儿"呜啊、呜啊"叫不停，我听出就是在嚷着："玩啊！玩啊！"是该放松休息了，女儿放下所有，悉心投入。他俩先在猫架上聊天，女儿含睇倾诉，Findus心凝目注，时不时"喵呜啊"回应，从他的表情和叫声推测，满意称是多，提出诘问少。聊到激动时，伸出前臂敲一下女儿的肩头，我在旁同步翻译："姐，你说到俺心坎里啦！"动静相宜，说了会儿话，Findus旋即跳下猫架，一路引领女儿，攀上高橱，俯身探脑戏弄，把女儿的头发弄得蓬蓬乱；钻入床底，伸出爪子骚扰，在女儿的脚

趾上留下了两道殷红的抓痕。哪怕昨日已弃之不耍的逗猫棒，他也要女儿从橱顶上取下，再逗他乐乐。细究之，他是因享受着有人真情付出的陪伴，而感到快活且美好。一天中，他会无数次来蹭你，喊你。一直以为这是拍马屁，是有所求。但常常是，猫粮甚至大虾都不要，要的是你放下手中活，亲密互动。当我边从头至尾轻轻抚摸，边跟他侃大山时，他喉咙深处的振动会发出各种声响："咕咕咕""卟呼、卟呼"……轻微却深沉，安逸又陶醉。接着送上连续不断的舔，情意绵绵的咬，是安抚也是感恩。这就是我们的Findus，一个普通的猫咪，一个真正会享受过程，懂得美之哲理，无功利，只为自由、愉快而活的小生灵。

40 为爱改变

曾有朋友问我：是喜欢欣赏美丽但不香的花，还是喜欢馥郁芳香却并不美的花？答道：当然喜欢又香又美开不败的花，退而求其次，宁可要香喷喷，不要艳丽博眼球。朋友说：我基本知道你是怎样一个人了，以后有机会详告。我未能等到答案，朋友就匆匆去了上帝那儿。

从小喜欢香花、香水。年轻时物质匮乏，家里只有花露水，就开着盖子，任其挥发，清新益神，感觉舒服。年纪越来越大，对香的依恋也与日俱增。薰衣草常年必备，端午香囊，从楼梯一直挂到房间，各种精油时不时拿出来熏熏。只有朋友送的香水，不舍得随便往身上洒，摆在那儿，一瓶瓶已挥发得所剩无几。

猫咪最怕各种刺激味儿，Findus 来了以后，我收敛了很多。刚开始，只要一熏精油，那一整天，他就不会再出现在我面前。不吃不拉，躲在远离味儿的某个角落，焦躁不安地等待着他要的无污染绿色空间。为了 Findus，我从此再没用过精油，它们在冰箱的一角睡了一年又一年。去年端午节，买了十个中药香囊回家，一来可驱虫，二来也实在喜欢这味儿。想不到楼下门一开，楼上的 Findus 仓卒惊愕，大叫一声"阿乌"，气得胡子乱抖，旋即跳至最高的橱柜上，不停地舔爪子、擦鼻子，敌视的双眼时刻警戒，片刻不离那些香囊。在这件事上，我跟 Findus 爱好截然相反，如何是好？总觉得猫咪是没有理性的，看来只有我让步了，却又很难摒弃这几十年的喜好，尤其是枕边的薰衣草，有

妈咪大人的猫咪札记

右图 Findus 心凝目注

助眠作用，犹豫再三，没舍得丢。一个礼拜过去了，搬到新屋后的一个晚上，Findus第一次挤到我身旁，在他讨厌的薰衣草味和喜欢的人中，他选择了后者。至此，我敢说，猫咪是有理性的。在理性的抉择中，Findus仍然将感情放在首位。为了爱，他真的可以适应、可以改变，甚至牺牲。不过，我至今都不清楚，喜好芳香的我，究竟是个怎样的人。

41 来点小伪装

可以说，"喵星人"都是坦荡荡的真君子。他们不矫饰、不造作，活得真实又自在。但同时又敏感地保持着尊严，守护着方寸，似乎很英伦范儿。跟Findus在一起，你常会发现，这家伙真是这样的一位主子。

有一次，发现家里窗上的两层避光帘子的串线都撒落在窗边，一看就知道是他干的。没抓现行，无法让他服罪。昨天正好我在场，他又要去破坏，我大喝一声，他停下，很无辜地望着我。我抓起他的爪子，敲打一下帘子的串线，板着脸，放大声音教训了一番。随后，坐在一旁，闭目休息。他以为我睡着了，再一次去拨弄。"Findus！"我生气的高八度的喊声，让他先是一怔，转而装模作样去拍窗边墙上的一个小黑点，好像告诉我：在打你们怕的小虫呢。如此反应，着实让我匪夷所思。接着，我假装看手机，他实在压抑不住玩线绳的欲望，又去抓、去咬。我放下手机，还没靠近，他已觉察到我的行动，故伎重演：拍拍拍，拍墙上那个他一定也知道的、不是虫子的黑点，并回头"妙啊、妙啊"对我嚷嚷，真妙！还想领功请赏？实在服了他。

类似的戏剧性表演，常会出现在被突然撞见的瞬间。买回一大堆海虾，我会倒在水池中清理，再分装成小包存放入冰箱。刚领养时，他会蹲在池边垂涎欲滴，谄媚地对着我叫，甚至伸出爪子，抢一个再说。每次我都会简单、坚决且重复地告诉他："一天只能吃两个虾！"一年多下来，他已能听懂，并知道

除了看的份，吃就甭谈。尽管毫无希望，他仍悻悻而立，看得我心有不舍。为了告诉我，本猫绝无觊觎之心，他索性转过头去看窗外。我一边洗虾一边唠叨，不管他听懂与否，反复重申不能多吃虾的道理。他一动不动，但我知道他在听，耳朵的转向暴露了他的注意力所在，鼻子仍在嗅，表明他其实也放不下。只是觉得这人老话多，不愿答理而已。不过，面对诱惑，表现得如此镇定，实属不易。包装完，我随即将虾放入冰箱。回头，见他已跳入池子，急不可耐地使劲在舔池里残存的虾水。见我过去，一时无法敛迹，慌乱中抬起的头，正好碰到水笼头，趁势就去舔笼头滴下的水珠，似在告诉我，他不是馋，是口渴。赶紧接了点水送到他面前，鬼灵精应付地舔了两下，扭身就走。这不是真口渴，是不想放下尊严的小小的又不失礼仪的表演。

　　有次我开了冰箱门，蹲在底层的冷冻室前，取冻住的虾，一时无法掰开。Findus 在冰箱顶上趴着，身体前倾，急不可耐地朝下伸着前臂。听他"喵喵喵"叫得急，我抬头，不料这十多斤重的家伙不知怎地，溘然跌落，正好压在我仰起的脸上，有个爪子掐进了左脸。一阵旋昏，一阵疼痛，手摸脸，殷红的血染了一手。Findus 趁乱叼走了一只冻虾。听我叫他，他把冻虾丢在一旁，装得若无其事的样子，只是尾巴尖不停摆动，我知道他实在也是紧张的。至今，我脸上还留着爱猫 Findus 刻下的创痕，庆幸的是：还好没伤及眼睛，还好我不是二八少女！

121

来点小伪装

42 动物聚会

今天，朋友带了兔子、乌龟和鱼来跟 Findus 聚会。

鱼儿养在水池里，Findus 瞄着它们，想抓一条尝尝，爪子刚触碰到水，就赶紧收起，舔了又舔。他很怕水，且不觉得鱼比虾味儿更美，待了会儿就悻悻地走了。

一大一小两个乌龟，Findus 似乎兴趣也不大。那个小的缩在椅子下，一动不动，就像块石头。对石头，当然无话可说。大的那个，也不可理喻，一直在照镜子，左看右瞧，就让它去孤芳自赏吧。

最让 Findus 感到有威胁的，是灰色荷兰长毛垂耳兔，码子跟 Findus 一般大，长耳朵几乎垂到地上，夹在肥墩墩的屁股间的是短短的茸球尾巴。大家都很喜欢这个天生萌物。小兔刚来时有些紧张，躲在角落里。我们几个拿新鲜的胡萝卜切片喂他，他吃得好快，不一会儿一根吃完。看他心情大好，走起路来一蹦一跳的，煞是可爱。听人说，兔子是爱不断进食的，我索性又拿了一根胡萝卜，一边撸一边喂他。Findus 在一旁虎视眈眈，醋意大生。他一直喜欢独享与我们的相处所带来的优越感，并深信自己有着任何其他动物都望尘莫及的优势。可今天，这短尾巴家伙算老几？怎么来我地盘，也不跟本猫先报上身家姓名？倒是几个猫奴都鲜嘎嘎，还争相伺候这小子！真是越看越来气。克制了一会，他忍不住了，冲上前去就是一巴掌。突然从前呼后拥、撸毛送吃的贵宾待遇，降至罪犯似的遭此虐打，小兔吓得逃到楼梯一角，瑟瑟发抖。

小兔是客，又那么温柔善良，在 Findus 面前完全就是个弱者。我们一面批评自家孩子，一面安抚受了惊吓的小客人。Findus 感到，这样的场面让自己一点台型都没有，决定活出真我，不压抑，再发泄！他又一次冲上去，这次竟咬住小兔的脖颈不放。虽然我们及时拉开，但小兔这次显然是被咬痛了，吓得瘫在那儿，一动不动。那可怜样儿，让我想到兔子几乎是所有肉食动物的口粮，他们真是最无助的小动物。"隔离，禁闭 Findus！"我一声令下，女儿马上遵旨，将他关进了卧室。小兔见那不讲理的家伙被控制了，大家又都对他好，好像宽慰了很多，又"吧喳吧喳"地吃了一根胡萝卜和几棵菜叶，就直往 Findus 的猫架蹦去。他显然喜欢猫架上那个绒毛托盘，但腿太短，一下两下都跳不进去。我就把小兔抱起，刚想放进托盘，他就拉了好大一泡尿，从我袖子一直流到裤腿，

暖暖的。好像Findus咬小兔的恶行，让我这个没管教好孩子的家长得到了惩罚，我反倒觉得心里轻松了很多。

小兔很黏人，一会儿就跟我们亲热得如同一家人，跑来跟去，屁股后面撒下的是一粒粒圆亮亮的黑屎和冒着热气的尿尿。

傍晚，小兔他们终于要回家了。Findus连送到楼梯口都不愿意，只顾进行全屋卫生大检查。经我擦洗过后已很干净的地板，他仍反反复复地嗅。期间还吐了一次，"可能是闻着恶心吐了"，我话刚出口，女儿就反驳道："别忘了昨天也吐！"

据说，原来温良恭顺的小兔，回家后完全变了样：不但咬了朋友的母亲，第二天还咬了朋友，且都咬得鲜血淋淋。女儿言之凿凿地说，小兔以前从不咬人，是来我家学坏的。学坏就那么容易？那咱Findus不随地大小便的好样儿，小兔是否也学会了呢？！"从善如登，从恶如崩"，女儿的谆谆告诫，听着有点刺耳。无语，一直无语，但，心不服……

43 只愿带给你欢笑

　　小宝连着几天呕吐，呕吐前，身体剧烈抽动，非常难受的样子。我在一旁手足无措，干着急。吐完，他望着刚吃进去的混在猫粮中的大虾，不愿意离开。若是才吃完大虾，他一定再咽咽口水，一点不落地将吐出的大虾全部吞下。不一会儿，又会难受得剧烈抽动，再次呕吐。吐完仍不离开，戆呆呆地盯着呕吐物，又一次鼓起勇气，一扫而光。可见，他是多么爱吃大海虾呀！

　　身体不适时，他不来跟我亲近，更不让我抱他。我想撸他，安慰他，他就用狠狠的咬来拒绝我。他不知道其实我也很难受，不只是因自己身体的病痛，更是因为帮不到他而难受。小宝自个儿蜷缩在房角，有时竟躲到床底下，久久不肯露面。

　　今天他好些了，紧绷的心终于放下。很多动物都是在身体不适或濒临死亡前，远远避开爱他的亲人，是他们不愿因自己的痛苦给人带来麻烦？还是感觉已病入膏肓，无法面对死亡的永别？我妈妈家的一个猫咪，病了，也治了，可就是越来越不行。她躲着家人，刚被找着，就换个地儿，两天后才在院子外的乱草丛中，找到已经僵硬的相伴了十二年的猫咪。在死神来临的那段恐怖时刻，猫咪宁可忍受肉体的折磨和精神上的孤寂，也要躲得远远的，不让死前的惨状伤到亲人。

　　动物真有这么高的情商和境界？也许是。但我知道有些人，一定是这样。

上图 翻个跟斗给你看

他们活着，就是要把快乐带给别人。我父亲就是这样的至情人。身体羸弱，一生坎坷，至性不移的父亲，无论是遭遇诬陷，还是身患重病，甚至自知抢救无效，已气如游丝时，仍不忘笑着安慰我们："我蛮好，勿会有啥事体咯，挺挺就过去了。"他挺了一次又一次，最终在一次医疗事故中丧生。近四十年前的痛别，蔼容温语的父亲，却一直在我心里。他教我懂得：没什么是可怕的。当你笑着去面对病痛，面对一切时，你的笑就是一种能量，医治自己，也能温暖人心。

44 食虾记

昨日，有猫友提醒：海虾对猫咪会产生易过敏等诸多不良影响。阅后心闷，有点不知所措。烧晚饭时，小宝照例跳上灶台，翘盼綦切，等待我做完晚餐后，为他煮个大海虾。这是约定俗成的规矩。

小宝爱吃的东西不多，猫粮喜欢吃廉价的，据说是因为掺杂了某些能刺激味蕾的不良添加剂，因此基本不敢给他吃。猫咪罐头呢，除了三文鱼的尚可接受，一般都不太喜欢。无意中发现他喜欢吃海虾，就每天让他吃两个。并非吝惜，实在是无从得知，是否会对猫咪身体造成伤害。最近，在海虾包装上发现保质期为三年，再看，添加了防腐剂，又查，此防腐剂积蓄多了会致癌。小小的一个猫咪，殊不知，已吃了一年多这样的致癌物，这是粗心的我又犯的一大错。自怨自责无济于事，只能再找其他的食物。终于在电视购物节目中，找到了无添加剂的海虾仁。但小宝吃后常会呕吐，这又是哪里出问题了呢？真正难煞人！急煞我！面对虔诚等待海虾的小宝，从不轻诺寡信的我，无法宽慰之。

这晚，小宝没吃到虾。他不解地跟着我，眼神里除了乞讨，还有说不尽的委屈。含泪抱起小宝，告诉他："一定想办法！会有虾吃的！"一夜辗转无眠。清晨，看着依偎在身边的小宝，决定去菜场买河虾试试。起床后，小宝匆匆跟上。"稍安毋躁，一会儿河虾伺候。"丢下慰言，急急赶往菜场。买了据说是淀山湖的野生河虾，中等个的，一斤一百四十。一路祈祷，求上帝怜悯，这河水虽被污染，但虾，仍是纯洁的。回到家后，大宝诉苦不迭，说我一早出门，也不告知，重重的铁门关闭后，小宝进到他们卧室，那叫声真如鬼哭狼嚎。这孩子弄不明白，为啥昨夜今晨都不给虾吃？也不给个说法？把大宝闹醒，仅仅因为心里不平衡，没指望会有虾从天而降。不顾大宝再三逗乐讨好，小宝怫然转身上楼，跳上猫架最高处，眺望远方。没有了性爱，还有虾的诱惑。现在什么都没了，猫生还有何意义？！

　　此时，我终于赶到。一下烧了五个虾，说五个，其实就如一个海虾大。小宝解颜，吃得猴急猴急的。原来在没海虾时，河虾也是要吃的。吃完还不满足，上前再啃刚买的鲫鱼。我赶紧拿剪刀，剪了一大块鲫鱼背上的肉。凑近，欲把鱼肉再剪小了喂小宝，忽见剪刀头上粘着熟悉的几根长长的纯白坚硬的毛——坏了，那是小宝的胡须！我这老眼昏花，我这不会用刀，只会用剪刀的"剪刀手"，一定是刚才剪鱼时，小宝正在啃，胡子贴着鱼，一剪刀下去，一撮胡子一起了断。可怜的孩子，他生命的根和须，都丧失在了我手里。

上图 还有比海虾更好吃的吗？

129

食虾记

上图 妈妈说，不可居无竹；我心想，怎可食无虾

45 夜闹

连着几夜没睡好，昨晚我加倍服用了安眠药，一夜睡得沉沉的。早上起来，见大宝两眼浮肿，神情倦怠，向我哭诉：被小宝闹得一夜无眠。

小宝白天睡，晚间玩耍的习惯，不是早在一年半前就纠正了吗？昨夜咋回事？大宝徐徐道来：晚十一点，刚睡下，只听得楼上来来回回奔走声，似老鼠出动。过会儿，又听得有东西跌落……见妈咪大人无反应，加上睡意正浓，也就没上楼探寻。刚睡着，厅里响声又起，一看，才凌晨两点。起身开灯，见小宝衔着一颗话梅糖，一会儿投篮，一会儿当足球踢，这独乐乐的场景，让人感慨，实在无意禁止。小宝见大宝这位玩伴莅临，开心地扑上去，抱着光腿又舔又咬。为了明天一早的课，大宝赶紧收起黏糊糊的话梅糖，想回屋能尽快入睡。没想到被子还未捂热，厅里再次响起"噼哩啪啦"的摔东西声。趿拉着鞋，大宝出去一看：不得了，刚买的一叠CD，撒落一地。此时的小宝为再一次呼来玩伴而得意洋洋。两个黑黑的瞳孔秋水澄澄，不像白天，眼中的瞳孔总如线，只是时粗时细而已。长而又粗的尾巴翘得老高，表示他心情极好。

听大宝叙述完，我仔细回顾昨夜，是的，几次醒来，身旁不见小宝。还以为大宝他们用计引诱他，睡到他们那儿了。见我们说话没完，小宝不耐烦地冲我"喵呜喵呜"直叫：这是早餐吃虾时间，请别耽搁！我立即过去抱一下，摩顶又亲吻，闻着他脸上还留有的话梅糖奶香，想说他两句的心都没有了，马上

夜 闹

上图 一眼就看穿你

烧了河虾款待。吃完,又玩,全无倦意。我忽然有点紧张:连局玩,又这么兴奋,是否那河虾又有问题?会否有化学污染,引起猫咪亢奋?戆拙不苟的我,思来想去,突发奇招,能否在家养虾?对,去寻求请教专家,自己动手,为咱小宝搞个家庭特供基地。

46 泡澡

大宝喜欢泡澡,浸没在水中,只露个头在外,喝口香茶,全身放松,缓解一天的疲劳。大宝一直梦想着有一天,小宝也能跳进浴缸跟她一起泡澡,那真是完美的享受了。我哑然:"还指望小宝能泡澡?每次洗澡都杀猪似地大呼小叫,把他浸入水中,对他来说就是酷刑。"女儿反驳道:"要有信心,一切都是有可能改变的。"她又给我举例,讲了爱泡澡的猴子的故事——日本的猴子们为驱寒,就学会了泡温泉。他们在暖暖的水池中,旁若无人,慵懒地享受着大自然的馈赠。猴的头上还都顶着一坨雪,像戴着个白帽子。只是随着泡澡时间的长短,头上的雪花白帽有大有小而已。从远处望去,分不清池中是人还是猴。

对猴,我一点都没兴趣,且敬而远之。那是因为,有次跟大宝一起逛动物园,我拿着香蕉想喂猿猴,大宝提醒不能给动物喂食,即收起香蕉欲走。这下激怒了猿猴——"侬白相吾啊!"它在隔离铁网上,上下跳掷,四爪抓住铁网,拼命晃动,并不时往铁网上撞,发出的喷鼻嘶叫震耳欲聋,若冲出铁笼的话,一定会把人撕碎,吓得我俩落荒而逃,以后再也不敢近距离与灵长类动物对视。我喜欢与猫咪这样温文尔雅,又爱干净的小动物,你侬我恋,在深度接触中,去关心、去了解他。

猫咪一般都不喜欢水,那是因为他们的皮毛下没有油脂层,毛毛弄湿了,粘在皮肤上,就会感到寒冷不舒服,甚至会生病。他们不需要洗浴泡澡,时不

泡澡

时舔舔自己，就足够了。今天晚上见浴缸里开始放水，小宝就躲得远远的。但又好奇，这哗啦啦的水，是怎么从这怪物嘴中吐出来的？他夹着尾巴，像贼一样悄悄地逼近浴缸。前臂搭在浴缸边，踮起两个后脚尖，望着浴缸里越来越多的水涌上来，心怀戒惧，怕水马上把自己吞没，掉头拔腿就溜。退至一隅，仍不甘心，好奇心催促他稍作调整，再蹑手蹑脚地爬到浴缸旁长方形水笼头上，伸出爪子用力猛拍。此时我关了水，小宝以为是那怪物被他打怕了，闭了嘴，不再吐水，于是一面趾高气扬地对我"喵"了一声，一面俯身探头，对着水笼头出口处，想再仔细研究一番。看着他戆戆的样儿，我立即打开水，想吓唬他一下。小宝被瞥然间喷出的水溅得晕头转向，慌乱中跌进了浴缸。可怜的小宝在水中胡乱扑腾，吃了好几口水。大宝费了很大的劲，才把拼命挣扎的小宝抱住。我去接时，他连忙死死地抓住我，往我怀里钻。小宝一定是怨恨那个喷水的怪物，而把我当作他的救命恩人了。大宝心痛地说我玩笑开得太大了，我也心有悔意，赶紧取了电吹风，一面吹，一面赔礼道歉。当然，这道歉的说词是给大宝听的，小宝只会从我的柔声细语中，再一次确认他依赖的是个可靠的人。

　　小宝浑身吹干后，毛毛蓬松松的，把他放在猫架上，惕惕地缩着头，冷眼观望着水中的大宝，想不明白：这女人何以自幽在这等可怕的水中，就不想出来了呢？莫非脑子早已进水？抑或就是个自虐狂？

47 挂钟

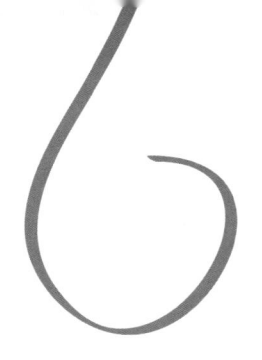

看到一个很别致的挂钟：全黑的猫咪背影，秒针是猫咪左右漂动的尾巴。毅然买下，挂于面对床的墙上，顿时觉得小黑熊熊又回来了。

Findus 从楼下上来，望着挂钟，惊讶得止步不前。我在 Findus 身边蹲下，告诉他"小朋友熊熊回来了！"Findus 愣了一下，熊熊，好像从他模糊的记忆中蹦了出来。只见他一个箭步冲上前，跳到窗台上，踮起后脚，前臂正好触摸到摆针——熊熊的尾巴。他用爪子想抓住那个尾巴，使尽浑身解数，都无法抓着。回过头来"喵喵喵"求我帮忙。我立即过去，抱起 Findus，告诉他，熊熊喜欢独自在上，喜欢不停地摇尾巴，就让他这样陪着我们，不要去打扰他。Findus 可能没听懂我的话，或许决定一改故辙，洗心革面，要跟熊熊好好相处，彼此做好朋友。他竭力从我怀里挣脱，一下跳上窗台，对准熊熊的"黑尾巴"伸出右臂不停地拍，累了，又抬起左臂继续拍，"呜啊、呜啊"好像是在再三邀请熊熊下来"玩啊，玩啊"！直拍得无力支持，喘息之间，一个踉跄，竟跌落在地。我怕他摔疼，过去欲抱他时，Findus 可能觉得自己很没脸面，就一下窜到远处的柜子底下，趴在那里，但仅只一会儿，就伸出个头，不甘地望着挂钟，眼睛里全是问号。我稍不留神，他竟又跳上了窗台，真是义无反顾，计不旋踵。这次他没用爪子拍打，只是昂着头，煞有介事地想看个明白，研究个透。但他怎么也搞不明白：熊熊为啥趴在墙上不肯下来？这小尾巴不停地甩，是特

别地高兴？还是记着仇的示威？

　　半夜，听得"啪嗒"一声响，朦胧间，见窗外洒进的一波月光中，有跌落的挂钟，Findus沉沉地压在其上，嘴里咬着挂钟秒针——熊熊的黑尾巴，他的头，随着秒针的摆动，有节律地左右晃动着。憨态可掬的卡通样，萌化人心，慢慢将我带入甜美的梦境：在蓝天白云下，是一望无际鲜花烂漫的草原，我和我的姆妮一、二、三世，熊熊和数不清的猫咪们，整齐划一地走着猫步，时而欢快地跳跃，又时而疯狂地旋转，为美好生活载歌载舞。

左图　熊熊，下来

48 伺寝

这些年，宫斗剧盛行。后宫的佳丽们，使尽一切手腕，只为能伺寝，能怀上龙种，能出人头地。真看得人心惶惶。

在咱家，猫主子 Findus 就是个小皇帝，我们人人都盼着今晚他能爬上自己的床，同枕共眠。我在家时，这宠幸只属于我。楼下那两位用足心机，但只要我上楼睡觉，Findus 一定立马跟上。他会先站在楼梯口观察一会儿，见我钻进被窝，再轻轻地"咪哦咪哦"呼一声，得到准允，才迈着妩媚的猫步来到床前，等候我掀起被子，继而迅速跳上床，侧身睡在我左面，头靠在我肩上，这是他自己选定的位子，一个晚上不多翻身。有时，他也会下楼去方便一下，然后上来，再躺回原位。夜阑人静，睡不着时，看看心爱的喵星人，心里暖洋洋的。忍不住摸他一下，小家伙马上会睁开眼，眨吧眨吧地望着我。黑黑的眸子，在夜幕中，晶亮亮，无限深情；毛柔暖和的身子，给我带来了安逸和满足。

我本无意独享此宠，只是 Findus 认准了我，每晚必至。楼下那两位一直怨恨我，说我抢了他们的爱，甚至希望我能离开一段时间，企图重修他俩在外租房时，与 Findus 的亲密过往。

无奈，我只得去乡下暂居。这些日子里，喜报频传。先是 Findus 跳到他们床上了，睡在被子外的脚后面。之后竟也钻进了女儿被窝，脸对脸地睡着。当女儿翻身时，他也惬意地翻个身，和她背对背紧贴着睡。

妈咪大人的猫咪札记

昨日一整天女儿在家，Findus 寸步不离。女儿一开电脑，他就拔去电脑线；女儿敲打键盘，他干脆就趴在键盘上，大半个身子塌塌铞填满，屁股露在外头。弄得电脑上一串乱码不说，还反复播放起女儿收藏在电脑里的上个世纪的"眼保健操"配乐。女儿还真就跟着做了几遍，或许这正是 Findus 的心愿呢！可是，做完眼保健操，女儿还是得工作，只能违心将 Findus 抱起放床上。Findus 这下有点生气，主子选了你，竟敢违逆？"阿乌"一声跳到女儿腿上，不一会儿，就窝在女儿怀里睡得呼塌呼塌。

今天一早，接到女儿电话，传来的声音与平日轻声柔气完全不一样，喜悦中有激动，有满足。她告诉我：昨晚开了地暖，以为 Findus 晚上就不会进屋睡床上了。一开始，小家伙果真不进卧室。心里酸溜溜不是滋味，女儿索性起身关了卧室门睡觉。不一会儿，听 Findus 在门外恶叫，赶紧于了门。Findus 朝女儿委屈地"呜呜"叫着跟进卧室，又钻入被窝。一晚上，头靠在女儿胳膊上，左前臂还搭在女儿胸前不放。此景此情粉碎了一隅之见，我们一直在以己度猫，以为 Findus 毕竟是猫咪，而猫咪都是重利薄情者。其实，Findus 第一需要的是情，是不离不弃的真爱。女儿安慰我："别吃醋哦，回来准跟你！"

我怎会妒忌呀？家和万事兴，乐乐陶陶，我才安心。决不争宠，也无需伺寝，有 Findus 足矣！

49 小壁虎

不知什么时候,家里来了条小壁虎。小家伙黑不溜秋的,顶多两寸长,扁扁的身子,四条短短的腿,贴着地爬,走得好快。知道他是专吃蚊子等害虫的,我就让它留在了家里。

有天晚上,我发现 Findus 一直仰首盯着墙角,一看,原来小壁虎在那儿。我想快快救小壁虎脱离虎口,别让 Findus 伤害了他,赶紧搬了凳子爬上去。手刚触碰到小壁虎,这小家伙极灵活,一下就从我指缝中溜走了。旋见 Findus 快速朝楼梯跑去,我跟上。原来,小壁虎就在第二格楼梯上。此时,看清楚了,他俩正对视呢。"Findus,不要伤害小壁虎,它是来帮我们除害虫的,是我们的朋友。"Findus 可能从我语气中感觉到了警告,也可能根本没把我放眼里,他自有自己作猫的原则和谋略,无需有人老是自以为是地在旁横加干涉,但他仍礼貌地"喵"一声,算是回应。是啊,Findus 正值青春叛逆期,我得注意教育方式。Findus 在那稍作犹豫,就伸出了前臂,一下、两下,轻轻地碰两下小壁虎,就缩回前臂。小壁虎趴在那儿,看上去也没想逃的样子。Findus 不像我们以往养的两个橘猫那样,凡事都很有耐心。他拍了两下,见小壁虎没啥反应,就上前一步,凑近了嗅,小壁虎还是不动,Findus 干脆伸出舌头去舔。我以为 Findus 会吞了它,紧张得立马上去想阻拦。这下倒吓着小壁虎了,一眨眼,不知溜到了哪里。Findus 气得吹胡子瞪眼的,"阿乌、

141

小壁虎

上图 小壁虎，你在哪儿

阿乌"对着我发牢骚。

　　第二天早上，我见 Findus 一直蹲在冰箱前，连烧好大虾的香味也没能把他引过来。拿了手电筒一照，原来小壁虎伏在冰箱下。我对小壁虎说，还是躲在里面的好，出来的话，Findus 野性一发，要不撕了你，要不就会吞了你。可是，Findus 这次好像非常执着，蹲在冰箱前就是不走，还时不时朝冰箱下左顾右盼，伸长前臂，往冰箱底下掏啊掏。一直到午后，Findus 终于饿坏了，草草地去嚼了几口猫粮，返身又去蹲守在冰箱前。小壁虎可能也很孤独，或许是在相守相望中读懂了 Findus 的心……当我再次看到他们时，竟是在客厅的书柜前。两个小朋友，用他们独特的方式在交流、在戏耍。Findus 伸出的前掌一点不露爪子，触碰小壁虎时，小心翼翼，跟他打蟑螂、甚至打我时的那股狠劲完全不一样。小壁虎好像也完全接受 Findus，在被触摸时，它的尾部会微微上翘，看得出他们相处得很和睦。以后的几天里，偶尔还会看到他们在一起。有次，看到 Findus 蹲在那儿，一直低头往自己肚子下瞧，凑近才发现，小壁虎竟然在 Findus 毛茸茸的腹下趴着，享受着来自朋友的，冬日里的温暖。

　　有一段时间没看见小壁虎了，前日打扫房间，竟发现了已僵硬的它。Findus 刚才还明明在楼上睡觉，却突然下楼来，用爪子在一堆尘灰中将朋友扒了出来，垂着头，沮丧地，久久站在那儿……他不知道好好的，为什么小壁虎说不玩，就不玩了？要睡觉，怎么就睡得不醒了呢？

50 观影

　　足不出户，就能欣赏到一部经典的话剧或一台高雅的古典芭蕾舞表演，还有世界各地可爱的动物们，这是电视带给我的最大享受。我常会拿着遥控器不停地换台寻找喜爱的节目，曾几何时，发现 Findus 竟然也有这癖好。

　　Findus 好像特别喜欢芭蕾舞剧中舒缓浪漫的旋律。每每电视中传出这样的乐声，他几乎都会放下玩偶，或突然止住鼾声，努力睁大眼睛，神情专注，一本正经地与我一同观赏。婀娜美妙的舞姿，轻盈的劈叉大跳，快而稳的旋转，都能勾起我对往事的回忆。不知 Findus 为啥也这么关注？可能他觉得这些舞者的柔软度都不及自己，他若有机会接受系统训练的话，准会成为舞王。随着旋律的变化，我发现他那不会哭也不会笑的脸，其实表情很丰富。当然他也喜欢动物世界和少儿节目，因为他毕竟还是个孩子。

　　有天晚上，打开电视，画面上狼群在追捕狂奔的小鹿，狼嚎声惊醒了已经入睡的 Findus。他惊愕地站起身，眨眨迷糊的睡眼，可能还嫌看不清，就干脆跳到电视机前，仰起头紧张地关注事态的发展。画面切换到一只老狼，站立在山岗上怒嚎的特写，很大。Findus 以为老狼离自己近了，有点怕，赶紧回头躲到我身旁。电视中芳容韶齿的美眉、白白嫩嫩的小鲜肉，他一点儿都不感兴趣，审美有点随我，跟这个时代的年轻人不一样。换个频道，那是我最不喜欢的一个动画连续剧，里面的人和动物都设计得既死板又不可爱。画面中，大侠扬眉捋袖，出手相助弱势群体，Findus 一脸的佩服，斜着脸，滚圆的眼睛盯着呲牙裂嘴的大侠转，好像看得懂剧情似的。无可奈何，只能陪看。

　　Findus 最喜欢的是我们在家关了灯，放小电影。上周，我们又一起看《音乐之声》。不知是因为在黑暗中更自在，还是跟我们一样，特别喜欢该剧的音乐。经典的歌声一起，Findus 一会儿扑影幕，一会儿冲上来，逐个袭击我们。一部电影的精彩音乐，和着我们的大呼小叫，和 Findus 得意的"喵喵"声结束。

　　最让人不可理解的是，有次看电影，Findus 一直在旁打盹，随着遽然一声雷鸣，银幕上出现了床上戏，他顿时精神抖擞，扑到银幕前"啊呜、啊呜"，边叫边回头呼我们，两人相与捧腹。女儿说是戏激起了他的欲望，这谲怪之谈真是可笑，咱 Findus 已割了蛋蛋，咋会有这般情思和欲望？真是欲加之罪，何患无辞！

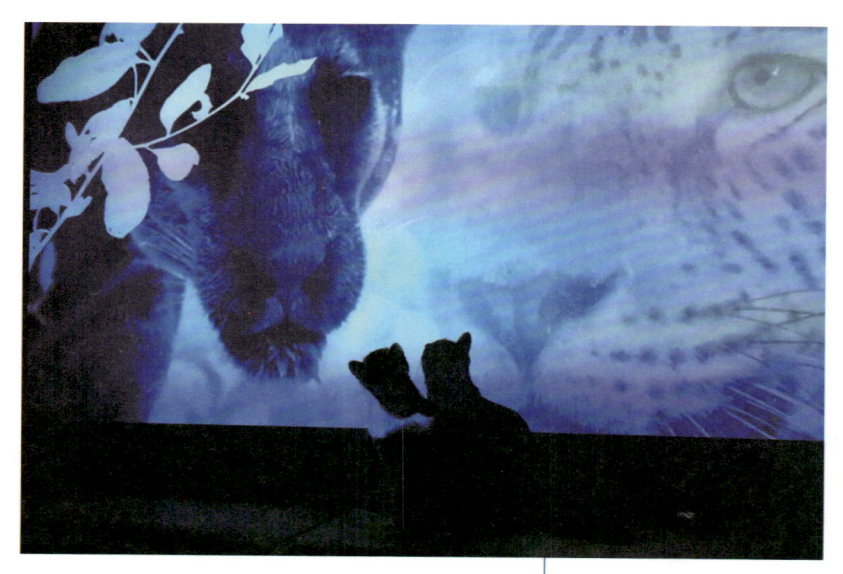

上图 这大怪兽长得很像我

51 多变的魅力

　　从大宝儿时至今，我们领养过三个猫咪。前两个橘猫都长得猫头猫脑，一看就是个猫咪，顶多有时有点像个小老虎。而今的 Findus，多变得让我们由衷地惊叹！

　　Findus 刚睡醒时，总显得可怜兮兮，耳朵耷拉着，眼神柔柔又怯怯的，像极了我在加拿大丛林湖边看到的小浣熊。小浣熊为了喝点湖水来到湖边，但只要被湖中逸游自恣的白天鹅发现，就会被追、被啄。小浣熊不断地换地儿，哪怕在有树丛遮着的湖边，刚喝上一口水，白天鹅总能"嗖"地一下冲过来，恶狠狠地对着小浣熊猛啄。白天鹅纯美的形象从此在我心中崩塌。若大的一个湖，竟不许别人喝上一口解渴，这不就是个恶霸吗！我从此不喜欢白天鹅，就连最爱的芭蕾舞剧《天鹅湖》中白天鹅的出现，都会令我心生厌恶。没带盛水的工具，我只能用手捧一点湖水，一次次送到小浣熊面前。小家伙一定是渴极了，耐心地等着我捧上的一点点水解渴。当我站起来从包里取出饼干时，小浣熊竟然也站了起来，伸出前臂，一点不畏惧地接过饼干就往嘴里送。他陪着我走了好长一段路，依依惜别时，我幻想着有朝一日，能领养个小浣熊。今天，我在 Findus 身上找到了小浣熊。

　　Findus 顽皮时也像环尾树猴。当我们靠在床上读书或看手机时，他就很不高兴。因为不能忍受被搁在一旁的孤独，他就不断地来骚扰我们。在我们头

枕的靠垫上，他翘着由于兴奋而膨起的、有着环尾树猴般圈圈的长尾巴，调皮地用爪子抓我们的长发，甚至踢手机、踩书，机敏的眼神、滑稽的动作，就像动物世界里，在树杈上闹不够的活泼的环尾树猴。

　　Findus 喜欢跟我发嗲。他跳到我身上，最极至的嗲就是咬。一开始，是轻轻的，如吻一般的咬。慢慢地咬上味儿了，就会用力咬，甚至像豹子那样，耳朵向后竖起，眼角也吊起，还要不时甩一下头。咬到情深意长太激动时，尿尿就会飙出来。大宝说他腻心。殊不知，大宝儿时在喜欢的公园大草坪上，高兴得又跳又叫时，尿尿就哗啦啦地冲出尿布，撒了一地。这是神经系统还没发育成熟的孩儿，在极兴奋时的常态。忍着被咬的疼痛，我每天都要与小豹子 Findus 同乐乐。

Findus 有时娇媚地靠着我的腿，长尾巴一抖一抖的，抬头看我的眼神花得摄人心魄，真像个甜美的小狐狸。此时心想，我若是个男人，一定也经不起媚狐狸的诱惑，哪怕知道她是个妖精。

　　Findus 鼻下的黑毛像仁丹胡子，有人叫他小鬼子，但我觉得他更像喜剧大师卓别林。他爱抖腿，抖时的样儿充满喜感，就如卓别林手提斯迪克，抖腿跳街舞。

　　昨晚，大宝又有个重大发现：看，咱 Findus 像日本的歌舞伎。怎么可能？！一定是大宝最近看日本历史书多了，想像力过于丰富……不过，当我唤一声 Findus，他慢慢地转身，悠悠地朝我踱来时，只见他黑色的眼线长长的，一直延至耳下，两眼显得幽静却冷艳，白白的面毛，真的像涂了厚厚一层白粉的歌舞伎。

妈咪大人的猫咪札记

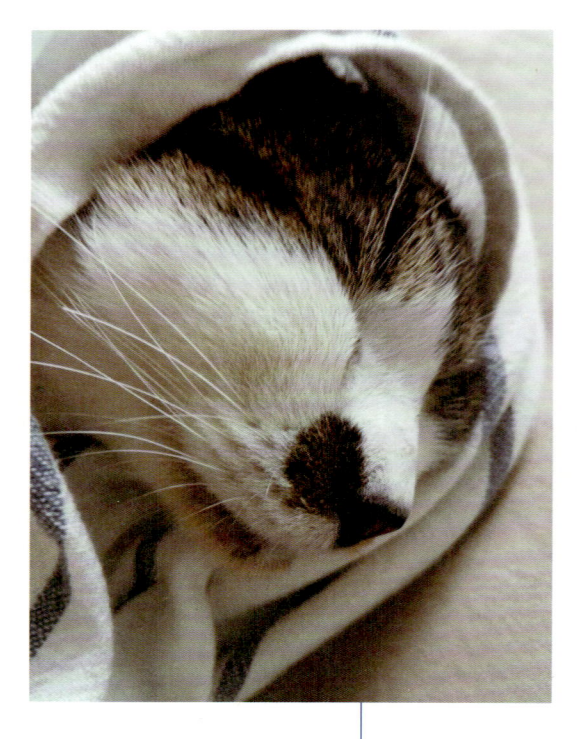

上图 狼外婆

　　年轻时我就想去当动物饲养员，退休后又欲去动物园做义工，但都未能如愿。在整整两年与 Findus 的深度接触中，不断发现着他与众不同的魅力。时不时，某个可爱的动物或熟悉的人物，就会由他的肢体语言和多变的神情，送到我面前。一场奇特的邂逅，几乎满足了我一辈子的渴求。

52　自由行

　　楼下猫咪小花是Findus的前女友。在Findus没做去势手术前，他好像对其他女猫都不上心，独独钟情于小花。记得那是一个夕阳西下的黄昏，Findus随我下楼。打开铁门，这小小的弄堂，对Findus来说，就是一片新天地。他抬头使劲呼吸着新鲜空气，好奇的双眼，睁得又大又圆，想把一切的美好全都摄入眼帘。忽然，他直奔斜对面大门旁的窗下，原来窗前端坐着一个漂亮的小花猫。Findus伸长脖子凝望，小花低头盼注，两两相望，脉脉不语，足有一分多钟，谁也没动，好像只想把对方深深地刻在心里。真是相思长有事，及见却无言。下一秒，Findus走上前一步，"咪哦"一声，拖得长长的昆曲调。委婉、甜美的绕梁之音，让我的心颤了一下，触类遐思，好像觉得自己也在恋爱中。咱Findus以男士的气派在沉默中先打了招呼。小花无法再矜持，她从高高的窗台上一跃而下，翩然竟来。两个年轻的生命，两个孤独的单身者，就在这一刻，相依相偎，心低徊之……此时楼上响起了小提琴协奏曲《梁祝》，冥冥中成了这短暂爱情的背景音乐。

　　Findus没有找错对象，小花不像她的名字那样花心。在Findus割了蛋蛋后，她仍常会来我家窗下，在院子的围墙上翘首盼望，恋恋有故人意。在猫的世界里，一定都知道，有那么些人，是极不尊重其他生命的霸者。小花满眼的怨恨，都射向站在Findus身后的我。Findus偶尔在窗前踱过时，也会送去一

左图　放我们出去吧　　右图　若为自由故

瞥，那是无奈，也是无意。一念恻隐，让我既心酸又后悔。我剥夺了猫儿子的爱情，也失去了一位真情的猫儿媳。Findus好像从没责怪我，他更在意的是，作为猫汉子的猫格和自由。

很多人都喜欢那些随己心愿、任人摆布的名品猫。他们听话，似乎没有自己的主意和思想。Findus不是！他不喜欢你打搅他的思索，强制他的行动，更不能接受你随心所欲的爱。上交不谄，下交不渎，这是他做猫的准则。他若觉得想与你亲近，会以行动告诉你，你若不接翎子，他就识相地离去。但他决不允许你强抱，他视之为强暴，强奸猫意是他永远无法忍受的。

昨日天晴无霾，上午开了天窗，让他出去散散心。大宝恶作剧，等他一出去，马上关了窗。Findus 不知人又在搞啥鬼，掉转身就要进来。大宝非但不开窗，还在那儿得意地痴笑。Findus 气得胡子抖到前面，圆睁双眼，喉咙里发出的声音似狼吼，脊梁骨上的一排毛，直至尾巴毛根根竖起，全身伏地，像个穿山甲一样冲过来撞玻璃窗。我吓得赶紧开窗，请他进来。Findus 没按常理那样急不可耐地跳进窗，而是回首向着蓝天又连吼了几下，接下来不断地舔毛自慰，几分钟后才神色黯然地跳进窗，径直钻到床底下，两顿饭都没出来吃。

晚上，小提琴协奏曲《梁祝》凄美的旋律响起，Findus 从床下伸出头，嗔目怒对，似在警告我："你废了我男儿身，毁了我爱情，咱都忍了，独是不得剥夺我的自由！"我频频点头："遵旨！遵旨！"

中华田园猫，虽常浪迹天涯，命途多舛，但始终都是捍卫自由的斗士。

上图 我住弄堂头 君住弄堂尾
—— Findus 与小花

妈咪大人的猫咪札记

53 真性情

很多人认为猫咪孤僻冷漠、薄情寡义。其实，当你与之亲密接触后，就会读懂他们，被他们独立、坦率的真性情所感染。

小宝绝对是个优哉游哉的独行者，他不会与你形影不离，但也不会因你老了、丑了就远离你。躺在病榻上的我，每天会被小宝唤醒不下十次。隔一段时间，他就会进到我睡的房间，直起身子，两只前爪搭在床沿，伸长了脖子看我。我若假装睡着，他就会"呜啊、呜啊"呼我，好像说："主子在呢，有事尽管吩咐。"我若伸手欢迎，他就会跳到我身上，用最原始的幼猫踩奶法，轻轻踩踏我胸口。半闭着的眼，忘我投入的神情和妙趣横生的肢体语言，顿时解除了我难忍的郁闷。有人说他是因为每早的两个大海虾，才舍不得撇下我。但我更愿意相信，他是领我情的！

好几位朋友都劝我领养个狗狗。是的，狗狗是绝对的忠臣，会摇着尾巴百般示好，最能赢得主人的心。但我更欣赏猫咪的性格，在任何时候，他都直抒己见、坦诚相告。小宝知道我们喜欢每一个猫咪，因此，领小黑熊来家稍玩片刻，也无可厚非。他可以任由小黑熊吃他的口粮，拿他的玩具，但决不允许我们收留他。一山容不得二虎，这是规矩！停留时间一长，他就张牙舞爪，用几近咆哮的怒吼驱逐入侵者。

我家弄堂门卫养着个漂亮的短毛猫，长得肥头大耳、恭顺温柔，是位小绅

妈咪大人的猫咪札记

上图 向往

士。我抱着他穿过弄堂，在三十米外的拐弯处，就见我家铁门旁，小宝探着头，朝我们的方向使劲地嗅着。我急急地避开小宝，想直接乘电动座梯上楼。这下小宝真的火了，他追上楼，忿怒地狂吼，发疯似地反复扑过来，我拼命地护着小绅士。看我这样护着一只外籍猫，小宝怒气冲天，敢问人啊，昔日的情意何在？！你不仁，我不义，他索性泼妇似地赖倒在地，两耳向后翻着，胡须根根向前冲起，从背脊到尾巴尖的毛全体直立，嘴里发出不堪入耳的狂嘶，随时准备着冲上去与这个外来入侵者决一死战。无奈，我只得立即将小绅士送了回去。

小宝每一次的表达都那么直接，不委屈求全，不曲意奉承，坦诚的真性情反让我肃然起敬！

54 活着

连我自己都很难相信，在病情加重、低烧不退、无力支撑的这些日子里，小猫咪 Findus，竟能带着我一路无畏地走来。我四十九岁那年，肺炎住院抢救。出院这天，下着雨，又叫不到车。女儿扶着我，一路安慰，最后还来了句让我哭笑不得的戏言："淋了一场雨，肺炎复发，享年四十九。"今已古稀，人竟那么能撑，在病痛中，又走了二十年。

昨日我们一整天奔医院，上午专家突然有事，求医不成，打道回府。下午再赶去另一家医院，挂号费五百多，等了一下午，就诊不到五分钟。冒雨赶回家，心情可想而知。不过，家有小天使，已在楼梯口恭候。Findus 趴在那儿，扭着屁股，尾巴急促地抖动，眼里放出的全是欣喜的光。他奔过去抱大宝的腿，又转过身扑咬我。忽又直奔楼上，长鸣一声，好似告诉空寂了一天的屋子："回来啦！我的亲人回来啦！"

Findus 不因我病容憔悴、年迈迟钝而嫌弃，也不因想吃大虾就献殷勤。他自由自在，活得任性又洒脱。他信任，但不依赖，为自己留着必须的空间。依偎在我身上，梳毛、捶背……享受得舒服时，是眯着眼，伸长脖子，一副陶醉的样儿。但哪儿觉得不对劲，反过来就是一口。请不要解读为无情或翻脸不认人，这是猫咪的表达方式：提醒您，这样不对！的确，Findus 有些行为也让我丈二和尚摸不着头脑。他会悄无声息地过来拍打我一下，或咬住我不放，

上图 仰首问青天

这样的待遇唯我独享。痛却快乐着，相信他是爱我，并已爱到"咬牙切齿"的地步。我会不顾咳嗽气喘，"喵呜、喵呜"去追他，并把他紧紧地抱在怀里，他会眨巴着萌化我心的大眼，请求宽恕。在Findus眼里，他可能不知道我是个病人，但一定认为，我是个很不正常的人。我发出的各种叫声，常常只在猫群里听到。一举一动也不像人那么稳重，手爪总是奇模怪样，还能四肢并用。最后得出结论：我跟他可能是同类，我们的距离越拉越近。

人，会为了自己的付出去索取回报，为不平衡的收支而计较，最终弄得心烦又痛苦。猫咪不会！他从不算计得失，总是气定神闲，泰然自若。聪明的猫咪，在马戏团里却难觅踪影，因为他宠辱不惊，无法驯服。他也从不为明天忧虑，今天吃饱，呼呼大睡，好好活着。可以说猫咪的放松是极致的，哪怕那样私密的爱，也要大声嚷啊唱啊的，闹得人人皆知。但比起大喊口号，背后干着龌龊勾当的人，猫咪实在是真实得可爱！在 Findus 面前，身心可以完全地放松，没有压力，也不需礼仪，不用客套，更不必说违心的谎言。他身上散发的宁静、安逸是纯天然的放松剂。我学着他的样儿放松，再放松……那是多么舒坦的感觉！他让我和无数与猫咪亲密接触的人，由衷地欣赏！无比地喜悦！

上图 惬意

亲爱的朋友，假如您心情欠佳，或者您已经抑郁，一时又难以排解，不妨领养个猫咪。与之亲近，伴他左右，安静地和他生活一段时间。只要您愿意学，猫咪能教会您许多功课。真实、耐心、豁达……您或许会重拾生活的信心，轻松快乐地活着。

55 陪伴

　　天天和小宝在一起，如若没有情感上的交流，就不是陪伴。前段时间我忙于自己的事，把小宝搁在了一边。这小精灵自尊心强，敏感度也远超大宝。已经有三个清晨不来叫我了，我也就心安理得睡起了懒觉。今朝见他在我脚后站着，正在拨弄一只垂死挣扎的蟑螂。这老房子就是这样，蛇虫百脚样样有。小宝见我醒来，马上衔着蟑螂放到我脸旁，吓得我大呼小叫，立刻起床去烧大虾。回头却不见小宝跟着。进屋，见他仍守着蟑螂，那深邃而冷峻的美眸告诉我："别不在意我，至少你最怕的蟑螂我会来消灭！"小宝真不是一个只求享乐奢靡的老爷，更不是我想的那样势利——蟑螂换大虾。他要的是全身心的陪伴，在浓情蜜意中神游。

上图　相看两不厌

159

陪伴

上图 两个灵魂的交流　　下中图 佛系陪伴　　下右图 夜深了，妈妈快别工作了吧

小宝在渐渐长大，他已不屑那些小儿科的玩具，更喜欢一个能斗智斗勇的玩伴。我当然义不容辞。有次见他从楼下无精打彩、慢悠悠地上来，我突发奇想，马上趴下，晃着脑袋，"啊呜、啊呜"边叫边作出要冲上去的动作。他对我肆无忌惮的怪叫充满好奇，弓起了背，瞪大眼睛。趁他还在准备状态，我出其不意地扑上去，哪知这小孩往后一退，竟滚下了楼。没等我缓过神，小宝已来到我身边，抬起头，眯着眼，无比温柔地围着我腿蹭啊蹭，好像以此告慰我：看，一点都没摔疼，本主超喜欢这样的游戏！

　　我常常在跟小宝一起玩耍时，想起某件要做的事，尽管还在和他说着话，手已经在忙别的了。小宝出于骄傲，会假装走开，过会儿，等我呼他，再若无其事地回来。这些日子常去医院，离家前，我都再三打招呼："去看病，不是去玩。"他似乎是懂的，眼神里带着不舍和无奈。假如我一个半天都不在家，他会养精蓄锐，趁此好好睡个觉。一听到我回来的声音，就伸个大大的猫式懒腰，任我把他拥入怀中。我休息时，他就独自在窗台上冥想，拨弄随风摇曳的小草，眼中有千帆过尽后的云淡风清。楼下小花的媚眼，夜半求爱的歌声，这些风花雪月的闹剧，一概与他无关。但是他越来越在乎我，这是我最近很得安慰的新感受。他舍不得我独自在病榻上，常会隔会儿就悄无声息地跳到我身旁。当我无力地轻轻拍着他柔软的身体时，他会用微微颤抖的尾巴搭到我胸前，诠释此时无比的愉悦。

　　我们在一起时的对话，已不是人与动物的对话，是两个灵魂的交流。小宝喜欢我跟他说话，也喜欢我拿腔拿调地朗读"妈咪大人的猫咪札记"。一篇读完，他会伸过脚来踩一下，按个印通过。

56 遭遇不测

家有来客，不论是窈窕淑女，还是彪悍猛男，Findus 都会摇着尾巴，喜气洋洋地在楼梯旁迎候。

客人刚落座，我们即会泡上热气腾腾的茶水。Findus 觉得好奇，上前嗅嗅，立即否定此举。他跳上盥洗台，示意我们拧开水笼头，随即仰起脸，伸出红红的小舌头，"吧嗒吧嗒"地舔着流水。他要藉此告诉我们：流动的水才是最安全的，那是他们老祖宗积累的经验。当客人拿起手机对准他时，他一点不怯场，落落大方地摆个 Pose，让人留下咱美美的造型。独生子女都怕孤独，Findus 也一样。他热情好客，期盼天天访客不断。他会显摆地把各种玩具衔到客人跟前，最好跟他玩"老鼠滑扶梯"的游戏：把布偶老鼠放在楼梯的扶手上，让它顺势下滑，小孩就会立即下楼，把老鼠衔来，送给客人。喜欢猫咪的朋友，在临别时都会恋恋不舍。Findus 送客到门口，看着远去的朋友，无限惆怅……

然而，这样舒心美好的日子没过多久。一天，家里来了几位嗓着大嗓门，穿着厚重皮鞋的家具装配工。地上杂乱地堆着塑料布、泡沫袋和纸板箱，为了防止地板被刮坏，还铺了灰色的防刮地毯。小孩就是喜好这些，也开心地撕咬塑料，跳进纸板箱，藏进地毯里跟工人们玩躲猫猫……突然，一声惨叫，只见他艰难地从地毯下移出身子，随即躲进床底。不知是哪位工人踩到了他？踩在哪里？我们都无法知道。过了很久，可怜的孩子才从床下出来，但不容我们靠

近，更不让触摸。

　　自那以后，他不再是热情好客的Findus。只要门铃一响，他就会缩着四条长腿，耷拉着尾巴，像蜥蜴一样贴地爬行，"哧溜"一下钻入床底。任你千呼万唤，他自岿然不动。不过，有时候门铃响起，他也会神态自若地下楼迎候，除了爸爸妈妈和外婆有此特殊待遇，他还特别选择了自己最喜欢的人。您——会不会是他的有缘人呢？

57 住院十日

大宝住院手术，白天我陪着，丢下小宝独自在家。

清晨天没亮时离家，晚上墨墨黑才回来。每次进弄堂我就大喊 Findus，走近铁门，听他"喵呜、喵呜"在回应。打开门的瞬间，他就"嗖"地一下蹿了出来。在黑夜中，他伸长了脖子，仰首拼命地嗅，就像是刚放出监狱的囚犯，自由地呼吸着新鲜空气。然后他才转向我，百般亲昵，来来回回在我脚旁蹭，喉咙里发出"咕、咕、咕"的声响，把我美得忘记了一天的紧张和疲劳，甜滋滋地抱起小宝，直奔咱俩的安乐窝。

大宝手术后拔了导尿管，膀胱未恢复功能，积了一千五百多毫升的尿液，怎么也排不出，痛得失控时，竟将我抱住她的手臂咬住不放。过后撩起袖子，见到红红的六颗牙印，才感到隐隐的痛。大宝小宝如出一辙，小宝也常咬我，他想睡时，在我怀里会咬；发嗲时，抱住我更会不停地咬，不知轻重，常会用力过猛，齿印刻满我双臂。这牙印证实我的孩子们有多信赖我。当然，最能体现的是我的宽容和爱，这样的思维方式，让自己很满足。

晚上从医院回来，第一件事，就是烧大虾。小宝见虾，一改以往的急吼样，站着不吃。我心里有点急，担心小宝生病了，赶紧把虾拿在手里喂他。小宝"啊呜、啊呜"三口并作两口，比平时吃得都快。我想，这小家伙是有感应的。他知道我在医院一口一口喂大宝，自己也得要这样的待遇。不然，整整十天独自

164

妈咪大人的猫咪札记

上图 妈妈你别走

在家，孤寂无聊得都快发疯了，还能说是你们的小宝吗？

第九天晚上，我兴冲冲地回到家，一边打扫房间，一边反复地告诉小宝：明天大宝就要出院回家，我们就可以日日夜夜在一起了。小宝认真地听，一定也听懂了。第二天凌晨三点，就在我床边反复尖叫，我看时间还早，翻个身还想睡，他干脆跳上床，用前爪拍我眼、拍我嘴，一定催逼我起床，想必是让我快快去把大宝接回来。

办完出院手续回到家，已是午后。小宝见我们扛着个箱子，一拥而进，又饿又累地瘫坐在沙发上，感觉情况不妙，怯生生地站在角落，瞪着诧异的眼睛，一动也不动。过一会儿，送客离去。小宝径直走向大宝，踮起脚尖，在她肚子上嗅了又嗅，抬起头，对着面无血色，耷拉着脑袋的大宝"喵呜、喵呜"叫着。小宝闻到了血腥味，根据他的判断，这些天一定出了大事，一个活蹦乱跳出去的大宝，几天下来却成了个半死人。他舔大宝因输液而肿涨乌青的手，还想撩拨她的衣裳，舔肚子上渗血的伤口。他尽心尽力，努力用自己的方式，安抚他最爱的亲人。大宝感到欣慰，惨白的脸上，露出了手术后的第二次笑颜。

58 一天天好起来

小宝弄不明白：失踪了十天的大宝，为啥回来时完全变了样儿？原来大大咧咧、总能妙语解颐的大宝，现在走路慢得就像三寸金莲的小老太。别人都在笑，就她捂着个肚子，嘴角微微一翘，也算笑过。最不可理喻的是，本来每当大宝刷牙时，小宝必站在洗手间门外，等着大宝用左手在门缝里逗他玩一会儿，这已成了惯例。现在大宝开始刷牙，小宝仍站在那儿等着，但大宝的左手却撑在洗盆上，没再满足小宝小小的欲望。可能是条件反射，也可能是他坚信，一切都会好起来的，只要大宝开始刷牙，小宝仍然在门后企足而待。滚圆的眸子黑亮黑亮的，充溢着纯真的希冀。每一次，都是大宝刷完牙，跟他说了对不起，他还不愿走开。他也许觉得，这样在门缝里看人的感觉特棒，玩起来也更有风情。

大宝一天比一天好。出院第五天，大宝刷牙时，左手不用撑着，随便拿条绳子，或是张小纸片，在门缝中抖动，就能惹得小宝激情四溢。他在门缝里左看看，右瞧瞧，前臂伸过来扑，爪子张开来抓，不一会儿，就成功抓获猎物。胜利有时会让他冲昏头脑，当他准备从门缝中扑进去时，门被他撞着，伸出的前臂夹在门缝中，痛得一声惨叫，让我和大宝都自责不已。以后几天，只要大宝开始刷牙，小宝仍会在门后等待。此刻，我就当起了保安，决不能让伤害事件再发生。

大宝回来，家里又有了乐声。小宝会驻足在客厅，一本正经地聆听。当闻名遐迩的莫扎特单簧管协奏曲第二乐章响起时，小宝索性躺倒，仰面朝天，翻着白肚皮，四肢舒展，随着旋律在地上摇晃，看得我一愣一愣的。大宝说，这段音乐是电影《走出非洲》中的经典配乐。小宝是不是因为乐曲中呈现的广袤草原和各种动物而异常兴奋呢？无论怎样，我知道小宝比我还懂音乐，更会享受生活。

　　大宝出院已一周，小宝每晚都钻进大宝被窝抵足而眠，任我苦苦哀求，就是不为所动。他是怕大宝又要离去？还是觉得大宝更需要他的陪伴？这反常的举止，让我很是失落。但我也不能按着鸡头啄米——强人所难。迷迷糊糊要睡去时，耳边响起了这句话：这世界是我们的，也是你们的，但归根结底是你们的……很快，一切都释然。

上图　失踪了十天的大宝，为啥回来时完全变了样儿？

59 疗伤

家是温暖的。尤其是手术住院回家后，能与小宝朝夕相处，对大宝来说，是最好的疗伤。

小别十天，我们不知小宝独守空房是何感受，但我知道大宝时时惦着他，手术后见到我，第二句话就是"小宝可好？"

经历了短暂的离别，小宝变得更黏人。他过来蹭时，尾巴勾着我们的小腿，小脚踩住我们的脚背，再三抚摸他，都不肯放开。他跟进跟出，大宝动作慢，不会伤着他。而我，总是匆匆忙忙，好几次不是踩了他尾巴，就是踏到了他的脚。随着"喳"地一声尖叫，他会躲到一角舔伤。我放下手中活儿，赶紧过去再三致歉。小宝一点不记我这马大哈的仇，一扭一扭地踱到我身边，反反复复舔我。这世上真有这样的爱！受了伤害，还为伤害自己的人送去安抚。我被这小孩无邪的心深深感动。

小宝跟我们一起睡前，总爱先踩奶，他尖尖的指甲会弄得我们很疼。女婿在时，修剪指甲的差事他包了。不知为什么，在他手里，小宝很听话，剪指甲时，一动也不动，每次都是一蹴而就。这次我为他修剪时，还给他穿上防抓衣，但他就是不让我剪。我知道自己手笨，就更小心翼翼。在下手剪时，眼前总有那次替母亲剪发时的恐怖场景再现：一剪刀下去，娘的左耳鲜血淋淋，"小心呀！勿吓！看清了再剪！"吓得簌簌抖的手，再次又将娘的右耳剪着，这次的血竟溅了我一手。小宝好像知道我过往的不堪，对我剪指甲极其不信任。他拼命反抗，左咬右咬，慌乱中，剪刀刚一夹，小宝的指甲上就冒出了血。我又重蹈覆辙，整个人都发软。小宝"呜、呜"叫着，蹿出老远，在自己的伤口上舔了又舔。不一会儿，他又来到我身旁，用他圆圆的毛茸茸的小脑袋来蹭我。这独特的不变的爱，让我瞬间热泪盈眶。

今天早上，我用吸尘器清理地面，粗心大意的我，可能又将吸尘器碰到了小宝的身体，他惊吓得一下跳起来，慌不择路地，在经过躺卧在沙发上的大宝时，正好踩踏在她肚子上。大宝捂住手术后的创口，一声怪异的尖叫，把我和小宝都吓呆了。但我们懂事的小宝，只愣了一下，马上走到大宝身边，救过补阙，在她苍白的脸颊上，送上一个又一个轻轻的吻。假如可以录下这整个场景的话，相信看到的人都会震惊！都会感动！

一个小猫咪的爱，深情而专注。他不会把爱挂在嘴边，至少在无法解读他们言语的今天，我深信他做得比说得多，比说得好。

60 礼物

前两天,我的两位德高望重的老朋友,送来了一大包礼物。由于年纪大了,行动不方便,更为了让大宝能好好休息,就没上楼来。我抱着礼物进屋,小宝"咪哦、咪哦"叫得欢。我刚放下大包,小宝就跳上去,开始翻包包。"这些都是给大宝的,没你的份。"小宝根本不听我的,看他厚颜无耻,乱扒乱翻的样子,真是替他难为情,还好朋友们没看到。

不一会儿,见他尾巴和身子的毛都炸开,像孔雀开屏似的。亮亮的眼睛里充溢着渴求,对着我"喵呜喵呜"呼喊不停。我过去将大包里的东西一样样取出,呀!里面竟然有一包南美大海虾!小宝一边嗅一边舔,一副馋佬呸样子。这下不敢怠慢,马上烧了一个让他解解馋。后来朋友来电,特地告知,那包大海虾是给小宝的礼物。原来咱小宝不是自作多情,也不是无理取闹,这就是送给他的礼物,他当然有权利享受,而且当下就得尝一个。

前阶段一直吃海虾仁,现在一下换了整只大海虾,这是小宝非常喜欢的原汁原味。但他不贪,只垂青烧好了放在他面前的这一个。看他斜着个脑袋,眯着眼,一个大虾在嘴里反复咀嚼,吞下时那满足又舒畅的样儿,我忍不住凑上去亲了他一下。小家伙好像知道这虾不是我买的,根本不领我情,很不屑地用前爪推开我,并马上在我亲吻过的脸颊上抹了又抹。这不是食虾后洗脸,看他,嘴上根本没抹一下,是嫌弃我!大宝在一旁看得抚掌大笑,让我有点尴尬,有

礼 物

点无奈，一时竟手足无措，用手摸了下自己的嘴唇，又闻了闻，告诉大宝"不臭！不臭！"大宝说，这是她看到妈咪大人，最认真最憨傻的样儿。

　　我这人啊，就是在可爱的动物面前，永远都无法生气。如若换了是大宝如此待我，一定气得呼塌呼塌，甚至会大发母威。

61 感恩

　　2019年的元旦，白天在医院陪大宝度过手术后疼痛难熬的最后一天。晚上急匆匆回家，顾不上换衣洗刷，就把孤独寂寞的小宝拥入怀中。为他梳毛、为他捶背，还要玩会儿躲猫猫……实在累得只能躺下时，只见枕旁一堆东西：有布偶老鼠、斗猫棒、小圆球，都是小宝喜欢的玩具，甚至还有一根胡萝卜和我早上吃完了丢的几颗桂圆核。"我的小宝，你就是这样思念我——把你最喜欢的玩具送给我，还把我要做的菜，和有我残留味儿的渣渣统统收好……"小宝在我脚旁仰着头，尾巴尖频频抖动，好像对我深情的回应很满足。随即，他跳到床上，蹲在枕边这一堆东西旁等我。我和衣躺下，撸着柔柔的小宝，在爱猫和他为我精心准备的一堆礼物旁睡得无比香甜。

　　大宝回家已有二十天了，每天晚上，只要灯一熄，小宝就把布偶老鼠放到我枕边，自己却一改以往跟我睡的习惯，钻到大宝被窝里，头枕在她的左肩膀上，两个前爪摸着她脸，轻轻的呼声伴着暖暖的气息，让大宝美得如沐甘霖。一觉醒来，两片红晕又上脸颊。小宝真是有心啊！他要陪伴的是他认为最需要陪伴的人，可又不忍丢下我，就让他喜欢的布偶老鼠每晚替代他。人心是相通的，但我相信人和动物的心，也是相通的。

　　小宝是我家的小姆妮。在拥有他的今天，常让我更思念曾领养的另外两个橘猫大姆妮和中姆妮。

数朝夕，一切宛在眼前。

在护养中姆妮的那个寒冷的冬天，我还喂养着七个必须在二十八度以上才能成活的"鸡鸡鸟"。我把他们放在以前家里用于饭锅保暖的一个草窠里，用八十瓦的电灯提供暖气。这七个小不点"叽叽喳喳"，围在一起，还没一个猫头大。中姆妮从不伤害他们，只是在草窠外静静地守着。"鸡鸡鸟"可能还是太冷，一个个倒下了。中姆妮只要发现倒下不动的，就衔来放在我面前。最后一个"鸡鸡鸟"在我怀里捂了一整晚，还是没能救活。一方白手帕包裹着，这最后一个陨落的小生命，让我久久难放手，中姆妮用暖暖的舌头不住地舔我满脸的泪……最后她自己跳到草窠上，傻傻地撑满了整个草窠，只把头和尾巴留在了外面。她可能想告诉我："别难受，还有我在这儿呢！"

大姆妮曾陪伴我们走过一段最艰难的日子。他是捕猎高手，几乎每天一早，都会自己开了窗，把刚逮着的麻雀等小鸟送到我面前。不听我的一再批评和阻止，一意孤行，有次早上送来的礼物，竟是只硕大的半死不活的老鼠……我的可爱的猫咪们，和我们一样，用自己的方式感恩，表达着无以言说的深情厚意。

62 守护

　　说小宝是个守护者，一点儿也不为过。这次我患肺炎，只能一直躺在楼上。有一天，忽听得大宝在楼下大声呼叫，俯仰之间，只见小宝已飞奔上楼，对着我"喵呜、喵呜"。随小宝下楼，他引我进入浴室。原来是淋浴水突然变凉，大宝一呼，小宝就赶紧上来叫我。调好水温，我又上楼去睡。小宝不放心，在浴室门外蹲守，看护着大宝。要知道，咱小宝最怕水，最讨厌洗澡，所以他平时从不进浴室。但大宝的求救他能懂，在特殊时期，他会挺身而出，保护家人。直到大宝出浴，给了他一个感恩的吻，小宝这才上楼来对着我"呜啊、呜啊"，这叫声与前一次完全不同，这次是释然，是守护者完成任务后的骄傲。

　　跟我们在一起两年多，小宝不再是刚来那会儿的楞头青，他已对我们的生活规律很熟悉，对突发事件都很警惕。这段时间门铃坏了，有快递来时，我们浑然不知。小宝各方面都灵敏，他会知道门外有人，跳上窗台瞄一下，然后就跑来叫我们。这一次次，从未失误。有了这位狗猫猫，坏了的门铃至今没急着去修。有位朋友来访，没说好时间，我和大宝都睡着了。朋友按了门铃，不见

上图 相依为命

　　开门，以为我们不在，返身欲走。小宝发现情况，立马跳上床叫大宝，见大宝懒洋洋没搭理，又上楼来叫我。正在这时，朋友的来电催醒了大宝。原来朋友从大连来，带着大包小包的海鲜，当然还有小宝最爱的海虾。聪明伶俐的小宝，不仅没让咱朋友白走，还当着朋友的面，怡然自得地享受起美味大海虾。食毕，他在朋友身边绕来绕去，喜跃抃舞，这是在谢恩；朋友惊喜地抚摸着小宝，连声说谢谢；我俩，更是再三致谢！告别时，我们和小宝一起，手挥目送，盼着再相聚。小宝一直目不转睛地看着朋友的背影，直至消失在拐角处，回过身来，又舔了舔留着海虾鲜的嘴唇，回味着美好的一刻。

　　这房子的线路有问题，时常断电。尤其是晚上，漆黑一片，叫了人来修，

我们就被差来唤去地找各种工具。有次说是电线坏了，让我找家里有否好的电线可换上。小宝跟着我在杂物间翻箱倒柜，找到一圈电线交给工人。小宝打小喜欢啃电线，曾当着来修电脑线的师傅啃咬网线，被师傅斥之为老鼠。但是咱小宝一天天长大，孺子可教，早已改去了这恶习。一圈电线放在那儿，他趋前退后，就是没啃，只不时用小爪子去拨弄一下。师傅欲走时，忘了这是我家的电线，一并收进了工具箱。这下小宝急了，竟斯文扫地，跳上去咬住电线不放。师傅忍俊不禁：你家这是养的看家狗啊？！边说边将错放入箱的电线拿了出来。我们知道，小宝虽知咬不可以，但他对电线还是情有独钟的，不咬电线不等于他不喜欢玩电线，再说这电线明明是他跟着我一起从家里找出来的，怎可让外人随便带走！

　　咱这猫猫护亲人、看家的本领，可不比狗狗差呀！

63 隔离

真正尝到隔离之苦的是去年的春节。从小年夜至元宵，我又烧又咳，只能一直将自己隔离在楼上。为了手术后不久，还未康复的大宝，当然，还有不懂事，尾缀不离的小宝（那时还不知道，原来人体和猫咪的感冒病毒是不一样的，故不会互相感染）。刚伺候了几天大宝，就轮到大宝来伺候我了。一日几次上楼，小宝跟得紧。"下去！"小宝一愣。"是的，你下去！"小宝回嘴，似道："别忘了，我是你小宝！"我又装得凶巴巴地叫一声"下去！"小宝似乎懂了，扭头一蹿下了楼。但小宝真的跟我最亲，他不想随便放弃跟我在一起的温馨时刻，一有可趁之机，就上楼来，我只得尽量放大声音驱赶。有次正赶他，被大宝上楼来撞见，他实在觉得太没脸面了，夹着尾巴，回头就走，下楼面壁良久，一副生无可恋的样子，任大宝怎么呼他，就是不理她。我对大宝说，你一定要对小宝加倍地好，这是我难得能给你的机会，我可是很吝惜的，过了这村就没那店了喔。大宝睁着大而呆的两眼，很无奈地看着我。我嘴上安慰她，让她再努力一把，心里甜甜的，我的小宝谁都抢不去！因为他是个只记恩、不记仇的善良的小孩。我信心满满地准备着病愈后，与小宝不分不离地拥抱，长长久久情多多地咬……不像养大宝，千辛万苦带了三十多年，防不胜防，竟给一个远在天边的"大野猫"给拐走了。

小宝仍天天上楼来，有次跳到我床上，惴惴不安地看着我，忽然跳上来，

妈咪大人的猫咪札记

用前爪扒我的口罩。他讨厌这样的隔离，要明明白白看清我的嘴脸。尽管人都说眼睛是心灵的窗户，但他更习惯了看我的全部。我虽已泪眠双荧，但知道不能惜指失掌，硬着心连推了五次。推一次，他跳上来一次，满是委屈地"呜呜呜"叫不停。小宝在说："我相信你不是这么不守信的人，我相信你对我的爱没变。"趁我犹豫时，他钻进了被窝。我实在不忍心，也无力再推他出去，只能让他在这个满是细菌、病毒的窝里，暂且安乐一下，但愿他平安。我的这位狗猫猫忠诚得像个狗狗，病中一直不搭理他，也不喂海虾，不伺候，但这只煨灶猫，宁可放弃最喜欢的地暖，仍念念不忘要挨我身边，觉得这才安稳。好几次，我醒来，见小宝就站在我床边，他蹑手蹑脚，是怕将我吵醒，他只在那儿心凝目注地等我，等我呼他，等我将他拥入怀中。

日子一天天过去了，但我仍不见好，咳嗽特别厉害。听到我没命地咳，大宝会匆匆跑上楼，小宝紧随其后。我急了，只得假装发火，小宝缩在楼梯口，眉目戚戚然，忐忑不安地看着我……大宝低头看了下小宝，学着怨妇的样儿，翘起兰花指指着我，吊着假嗓子，声情并茂地唱道："把我的爱情还给我！"这下，笑得我咳得更厉害，气都喘不过来。小宝见大家高兴，乘间"嗖"地一下又跳到了我身旁。

64 按摩

有次听电台讲解《黄帝内经》，真是让人开了眼界，长了知识。说到很多现在的人，不但无知还无觉，而动物们虽无知，但感觉非常敏锐。就说泰国海啸前吧，动物们都远走高飞了，只有聪明的人类，还在沙滩上悠闲地晒着太阳。

虽然没机会跟动物们长相守，但从小宝身上，我们深信这一结论。小宝喜欢被抚摸、抓痒痒、用梳子梳毛毛，更喜欢拍拍……一开始每天给他梳毛毛，是为了不让快掉落的猫毛被他自己舔食，引起肠胃不适甚至呕吐，也为了让本来就不宽敞的屋子，可少些猫毛，显得干净点。一日两次为他梳梳打理，只要一说"梳毛毛啦"，小家伙无论在哪儿，就是睡得云里雾里，也会立即来到你身边，趴下，让你为他梳头、梳颈脖、梳背和白肚皮，只是不能碰到他屁股。他大概觉得，这是隐私部位，不能随便触碰。我现在非常尊重他，一切都依他的需求而行。小宝每次梳毛毛，都认真地品味着当下的一点一滴，那神态，如同正享受着美味大餐。有一次梳完，再用手拍拍，这下他满足得眯起眼，浅吟低唱，发出陶醉的"咪哦"声。这是养身添寿的绝招，小宝虽不深谙此道，但拍拍的感觉一定极舒服。他完全不满足一天两次的按摩，时常会来呼你，然后趴下，等待美妙的时刻。我会沿着他脊椎轻轻地拍，右手酸了换左手。拍累了也不能停，一停他就发火，真是位怠慢不得的主子。大宝心疼我，不让我蹲着为小宝拍。小宝见她用手阻止我，气呼呼地从地上一跃而起，咬住大宝的衣袖，

按 摩

左图 瑜伽大师　右图 轻轻抚摸，舒缓压力

直至大宝蹲下，为他继续拍拍拍。拍完，小宝总会再来几个猫式瑜伽造型，舒坦的模样儿，实在让人羡慕。原来拍有这么舒服，大宝也拿起经络拍，试着自己拍。大宝还连着几天为我拍背按摩，号称要为妈咪大人和巴依老爷打通"任督二脉"。

小宝有时嫌大宝拍得不好，"还是让我来露一手吧！"他跳上床，开始自己的拿手技艺——踩奶。在我胸口踩了几分钟，我一直咳嗽却吐不出来的痰，竟顺利地排了出来。小宝歪打正着，成了我康复的理疗师。回馈他的，当然是我病愈后，坚持不懈地为他按摩。

65 情多多的咬

Findus 还未成年时，就做了去势手术。手术很成功，Findus 平平安安地长大。想着抱来时病歪歪、萌萌的小模样，现如今已是帅帅的、气宇不凡的大小伙，真为他感恩！

相比女儿他们，我在家时间多，与 Findus 的接触也就最多。所以他跟我越来越亲，也不足为奇。但是有一点，大家都觉得好奇。他常常会跳到我身上，咬住我身上的衣服，两个前腿抱住我手臂，两个后腿像踏自行车一样地蹬，有时还会有似尿尿飙出。那时女儿说他是下流胚，我说小孩儿高兴时控制不住自己，就会连尿尿都撒出来。这次在看一本关于猫咪的医学大百科，里面谈到：如在性成熟后，才做去势手术的男咪咪，以后，在闻到性荷尔蒙或类似的气味，都有可能引发性冲动。这样看来，Findus 是性早熟？咱手术做晚了？我把自己的猜测告诉女儿，她狡诈地掩口而笑："不但是性早熟，您老人家定有吸引他发情的气味！"常听人说，老人身上有老人臭。已是古稀老人的我，勤洗澡、勤换衣，应该不会有老人臭。女儿凑上闻闻，晃着脑袋、翻着白眼作算命状："是有味，一种特殊的，吸引猫咪的味。"不知为什么，我竟一下脸红，心跳加快——这 Findus 把我当发泄对象了！回想他每次作案，我都百依百顺，就是被咬得出血，也乐在其中。我观察过，从他小鸡鸡中飙出的透明液体，没有一点臭味和骚气，纯净得不让人有一丝怀疑。女儿幸灾乐祸地说："您老损了

情多多的咬

他，他就在您那撒野，不然，他怎么从不在我们这儿折腾？"

是啊，Findus 认准了我。但假如真是性冲动，他为何可以咬住我，长久不放开？只要没人来打搅，或者我硬推开他，一般他可持续一个多小时，这还能算是性冲动？这里可能有些许性的因素，但更多的一定是对我完全的信赖，在我这儿彻底的放松，他知道我能包容他一切的作为。我豁然茅塞顿开：一直说"情多多的咬"，很多人说我独创了这个好玩的词，我一时也说不清，只觉得 Findus 的咬别具一格，肯定不是恨，也不是在玩游戏，但一定是情之所致。就如女儿说的，是我损了他，他才找我撒野。这不是也挺可爱吗？！

一个久病的老人，连蚊子都不愿来调情，倒有一个咪咪，情多多地咬着不离不弃，试问，还有哪位猫奴享受过如此高的待遇？为此，我几乎得意得忘了形。

上图 猫奴的最高待遇

66 我生气了

疗养回来，急切地想看到小宝。门一开，小宝在楼梯上探着头，呆呆地，没迎上来亲热。日垂青盼的孩子，只几十天不见，就已那么生疏。

忽然，一个黄毛球蹦下楼——是个小橘猫。我心里一震：难道他们又领养了个猫咪？！女儿忙解释：网上有位喂养野猫的好心人，发现一位猫妈妈生了三个宝宝，没过几天，两个宝宝都给黄鼠狼咬死了，剩下个女宝宝也有被咬死的危险……女儿不假思索，马上赶到浦东北蔡，抱回了小橘猫。当时跟喂养者说明："家里还有个猫咪，若他拒绝接受，只能再另找养家。"小橘猫领回家后，小宝好奇地凑上去，前闻闻后嗅嗅，怜爱地用舌头舔她干枯的毛。现在想来，小宝这去势手术一定是没做彻底：两位男生——熊熊和门房的小绅士一来，他就会呲牙咧嘴，拼力驱逐；而今来了个小女生，他则是如此宝贝。异性相吸，这在动物界都一样啊。

听完女儿叙述，我心里凉凉的。养育了几十年的女儿，她比谁都清楚，我身体已虚弱到话都说不动，竟还会不跟我商量，又一次自说自话，再领养了个猫咪。这就意味着他们出差、探亲等不在上海时，两个猫咪都要我带养。跟现在那些理所当然让老人带娃的子女有何两样？！我知道女儿是钻了我爱猫、心软的空子，先斩也不后奏，相信这傻妈一定又会爱不释手的。当我批评她爱猫胜过爱妈时，女儿还委屈得哭了，让我目瞪口呆，一股闷气压在心里，甚至还

我生气了

讨厌起那个新来的橘猫傻丫头。傻丫头一点不会轧苗头，她一会儿两耳贴脑，成飞机耳，冲过来抱我脚；一会儿又紧挨在我身边睡得呼噜噜……我的冷淡，甚至是敌意，她一点都没感受到。

　　我觉得自己是一个不被尊重的老人，也似一个不受宠的孩儿……服了安眠药，思维停止时，朦朦胧胧中，见梳着两个羊角辫、蹒跚学步的女儿在公园大草坪上向我扑来，辫发触到我脸上，痒痒的……想抱，沉重的双臂抬不起，我觉得自己在这个世界上快走到尽头了，可心里却一直在说不！我不能离开我的孩子，她还不会自己走路！咸的泪水流到了嘴里，感觉到女儿用温暖柔弱的小

上图 这是妈妈的衣服，好吃的都藏在这口袋里

手在为我擦拭。用尽了全身力气去拥抱我的女儿，拥入怀中的却是那个小橘猫。原来她一直在近距离观察我，她用粉色的小鼻子嗅我的脸，以小小的舌头舔干我的泪，还有那纯真的大眼睛，试图赢得凶巴巴的老婆子的爱。眼前的一切都那么真实，却又都恍若隔世……事实是，在我们的家里，又多了一个新成员，我必须面对。

我生气了

上图 悄悄话

67 究竟是什么关系

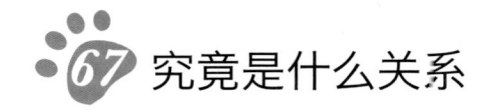

这些天，女儿为了让我真正接纳小橘猫，就一直在说，小橘猫来了，Findus 有了个妹妹，他不再孤单，一起玩躲猫猫，多好哇！可在我眼里，这两个小孩相处的模式，让人很难确认他俩究竟是什么关系。

有时 Findus 昂首阔步，一本正经在前行，小橘猫紧随其后，屁颠屁颠的样子，像煞小妹跟大哥。开饭时，小橘猫始终冲在前面，永远像个饿极了的小野猫。而 Findus 只要小橘猫拱上前，他就礼貌地后退几步，等她饱足离开后，才上前吃上两口。这绅士风度，让目睹的客人都油然而生敬意，纷纷称 Findus 是个君子。但我心里知道，Findus 胃口一直不好，除了大海虾，几乎没啥感兴趣的食物。这时的我，更多的是对 Findus 的爱怜。

有时，他俩又像是父女。小橘猫依偎在 Findus 旁，撒娇地喵喵叫。这时 Findus 总会为她舔毛梳理，小心又轻柔，像极了一位慈爱的父亲。可小橘猫只要不想你再碰她时，就会一个腾跃，扑上去就咬，弄得 Findus 很狼狈，实在气不过或抓疼他时，Findus 就气急败坏地给她一巴掌。女儿说 Findus 毕竟太年轻，又没生养过，充其量只能说是个小干爹。这里说明一下，因为女婿特别喜欢小橘猫，简直就像小橘猫的爹。为了加以区别，我们在背后称女婿是老干爹，Findus 是小干爹。看着 Findus 傻乎乎的脸，呆萌又滑稽的动作，与一旁机灵又活泼的小橘猫，怎么也无法定位他们是一对父女。Findus 是我的小

189

究竟是什么关系

又说我坏话

我是雌老虎

当心我不客气

我就敢揍你

请你吃巴掌

妈，他又打我

渣男，别碰我

我什么也没干

教我如何去爱你

妈咪大人的猫咪札记

190

左二 妹享美食哥望风　右上 有敌情，准备撤　左下 洞房花烛夜

宝贝，我不想让他做父亲，哪怕是小干爹。

我爱 Findus，他是我永远的儿子。可这儿子常常又做出格的事，弄得我好没面子。好几次，Findus 主动去为小橘猫舔毛，但小橘猫一点不领情，又咬又踢地拒绝他的爱抚。此时，Findus 即会抛却温情的前奏，直接咬住她的颈皮，整个身体压在奋力反抗的小橘猫身上，两脚踩自行车状，一副强奸犯模样。女儿说，这去势的小太监怎么还有欲望？我心里闷闷的，反讥道："一定是你请的医生手术做得不完全，害得我们 Findus 不伦不类。不过，就只能委屈小橘猫当童养媳了，说不定咱 Findus 以后还能子孙满堂呢！"女儿傻乎乎地，不解地看着我。我解释道："让小橘猫做 Findus 小媳妇挺好的，以前清朝离休的老太监，只要有钱，都会明媒正娶。哪怕是装门面，也算是没白来世走一遭，得显一下雄性之威啊！"

写到此，听得房内两小孩大呼小叫。望去，只见 Findus 和小橘猫扭成一团，继而又快速分开，双方怒目相向，气喘吁吁，皆在伺机反扑。小橘猫初生牛犊不怕虎，又仗着身体强壮，小巧灵活，一个箭步冲上去，竟将我儿扑倒。Findus 岂会认输，毕竟相对于小橘猫，他码子大，没等小橘猫再次扑来，他猛一扑，将其压在身下。这样来来回回打到双方都趴下，简直就是相扑比赛，看得我心惊肉跳，聒耳沸心。这哪里还像我一贯恬雅、风度翩翩的儿子？！以后只要让我发现他们又要开打，就赶紧过去抱走其中一个，我不允许这样血腥的格斗在我家发生，只希望，我们的大家和小家都是和谐的。

68 绝育手术

小橘猫 Easter（因她是在复活节被领养，故取名 Easter）七个月了，医生说好，到她八个月时做绝育手术。但昨天她忽然有点反常，晚上精神亢奋，凄凄切切的叫声，声声揪人心。只见 Findus 紧随其后，顺利地跳到 Easter 身上，Easter 不但不像前些时候极力反抗挣扎，倒是立刻安静又顺从地配合他，情投意合，共叙情好。我们顿时明了：咱闺女长大了，思春正当时。

电话联系医生，约定第二天中午到家手术。这一晚，我们听着 Easter 绵绵不绝的求爱歌，看着 Findus 傻乎乎地在 Easter 身上跳上跳下忙碌着，他是多么想满足这位让自己等待了六个多月的朋友的呼招啊！已经夜深，两个孩子真挚忘情，谁都不愿先离开。就这一夜，仅此片刻，愿我们的孩子能满足、能幸福！相信在他们一定不是激情的游戏，是向我们，向全世界大声宣布：我们相爱了！

医嘱：晨六点后禁食禁水。Easter 胃口好，晚上吃得饱饱的，每天一早去开猫房门，她都会先让你亲一下，就急匆匆地去吃早餐，饱餐后即开始一天的娱乐。今早起来食盆里空空的，Easter 对着我喵喵叫。我一边撸一边告诉她：宝贝，爱你！真的不想让你受怀孕生子之苦，更想与你长厮厮守，因为科学证明，绝育猫咪平均寿命会较未绝育者高。发觉求我无用，又去求女儿他们，尽管最后一直都没能吃到一粒干粮一口水，但这个阳光女孩特别大度，不给吃，

绝育手术

她就叼来老鼠让我们跟她玩。为了不让她饿着消耗太多，所有的游戏也只得暂停。Easter 一点不作，虽然她弄不明白为什么没吃也不陪玩，但仍然乖乖地顺从。说她乖，是昨天来家的朋友一再夸的。朋友说，一天都没见你家两个猫咪干坏事。有时稍有违纪行为露头，只轻轻一句：可以吗？就即退了去。他们家的猫咪不听话，会捣乱，买的猫抓板不用，尽在沙发椅子上练爪子，赶了、骂了都没用。今天，要让这么乖的孩子承受开腹绝育手术，心里很难受，也一直紧张又有些担忧。中午按医嘱：在医生到家前半小时将 Easter 放入猫咪航空包中。Easter 很喜欢这包，她在里面跟我们玩躲猫猫。Findus 有经验，一看就不妙，进这包，不是去医院，就是一次惊心动魄的转移。他惴惴不安，"阿乌、阿乌"一声比一声叫得急，到后来吼的声音让我们都毛骨悚然，他是在提醒 Easter，快快出来！千万别上当！Easter 乐在其中，一直到门铃响起，她才意识到：得快快逃出此包！说时迟那时快，医生已通过航空包的网眼，为她注射了麻醉。不一会儿，Easter 就睡了。医生熟练地将她的四肢用绳捆绑在桌子的四角，轻轻地拉出小舌头，接着剔除腹部一小块需开腹处的猫毛。消毒后手起刀落，只见两滴血渗出，迅速切除了子宫、卵巢。缝合开口处，先缝里层，医生说这小孩的肌肉很发达，很少见这样的猫咪，壮得就像个狗狗呀！外层缝得很快，最后又打了一支长效消炎针。医生操作娴熟快捷，手术很快顺利结束。除了两滴血，不见任何地方出血。医生说猫咪的毛细血管少，开腹时又避开大血管，所以不会见出血。最有意思的是，医生事先让我们准备一件全棉的 T 恤，此时，医生麻利地将 T 恤裁剪成两件术后用衣，一件快速给 Easter 穿上，另一件备用。穿上新衣的猫宝宝显得时尚可爱。到此结束，整个流程仅二十分钟。女婿拒绝看血腥场面，去了单位。女儿在场，却不敢看。只剩我这老太，不得不目击手

194

妈咪大人的猫咪札记

195

绝育手术

上图 别怕！我会一直守护着你

术现场，在 Findus 不断的哀嚎声中，举起手机，全程跟拍。拍完，才觉后背的汗已湿透了衬衣。一切刚结束，穿好术后衣，Easter 就醒了，麻醉药量竟那么准！不得不佩服医生的经验和实干能力。Easter 慢慢地，卡通似的动了下右手，呆呆地望着我们。她没有如我们家前几个猫咪手术后大汗淋漓，也没有虚弱到步履困难、跌跌撞撞，术后就自己上了两次厕所，她的身体素质之好，真是让我们为她放心了很多。晚上八点二十四分，她竟开始进食了，我高兴得心都在颤抖。Findus 一直守候着，没进过一粒干粮一口水，此时见 Easter 吃罢，他才如释重负，凑上食盆，一口气将干粮吃了个精光。Findus 真是个重情重义又有担当的男子汉！正当我们都放松警惕时，只见 Findus 非常紧张地竖起耳，鼻子不停地嗅，还对着我叫。按着 Findus 的指点，终于发现 Easter 在床上拉了尿尿。Findus 觉得这情况很严重，猫咪们一般都不会随处大小便，他紧张质疑的眼神直视我，是担心朋友脑子因麻醉出了问题？我们一边给 Easter 换术后衣，一边安慰 Findus，感谢 Findus，他仔细认真又负责的守护，帮了我们大忙。此后，我们发现，Easter 到哪里，Findus 必跟进，并在 Easter 拉过粑粑的猫砂上反复巡视检查，他知道自己至少能发现问题，及时通报军情。当天晚上，我发现 Easter 的小耳朵、小脚的软垫都冰凉冰凉的，马上电话咨询医生，回答是手术麻醉引起的正常反应。我稍稍安下心，却怎么也无法回屋入眠。

　　我想把 Easter 放我身边，因为知道这一夜，就是多服安眠药，自己也一定无法入睡的，倒不如我带着 Easter，让他俩能安睡。但女儿他们不同意，一定要由他们来护理。Findus 也坚决不离开他们房，他一定觉得自己才是看护 Easter 的最佳人选。但是为了怕 Findus 万一误伤到 Easter，我还是强行把

绝育手术

上图 术后

Findus 抱出了他们房间。玻璃门关上，门帘也拉上，什么都看不见了。Findus 怫然回首，在我抱他的手臂上狠狠地咬了一口。乘间跳下，暴起，直扑玻璃门。他用爪子狠命抓门，因为已近子夜，估计 Findus 大闹一会儿就会走的，因为他和我们一样都已习惯在十点前入睡。哪知 Findus 就这样不间断地抓门，大嗥猛呼，竟持续了四十分钟，最后怂恿到用头撞玻璃门。不得已，只能开了门让 Findus 进房。门一打开，Findus 怅然自失了一小会儿，就直奔 Easter 身旁，眷注片刻，继而在她脸颊上舔了又舔。我轻轻地说：Findus，我们回去休息吧！Findus 瞥了下我，又脉脉凝望 Easter，然后突然转身，幽幽地朝着门外走去。大概他是听懂了，亦或，他本来就只是不放心，想再安慰一下 Easter 的，而我们就连他们今天最后的告别仪式都未开始就强行隔开了他俩，他心中也许在

想：无情无义又无礼的人，我看不起你们！Findus 在关着的门外块然独坐，一直守到第二天，期间还时不时发出哀怨悲愤的呼喊。这一夜哪还能入眠？辗转申旦，心里全是两个可爱的小孩。Easter 是个阳光女孩，身体健康，活泼纯真，整天喜欢咿咿呀呀抬起头跟我们说话，找我们玩。她相信生活是美好的，就是每天一样的食物，一样的玩老鼠，她都很满足。Findus 领来时病怏怏的，也不知他经历了什么可怕的往事，漂亮的眸子里隐隐藏着淡淡的抑郁，让我特别想疼他。敦笃的 Findus 却又是个少有的戏精，表情和肢体语言丰富到让我们能在他身上看到各种可爱的动物。Easter 术后，Findus 废寝忘食，更让我们看到了 Findus 的善良和担当。他爱 Easter，却如朋友说的那样：在真相面前，能出乎情止于礼。不能成为夫妻，咱就做兄妹！哥哥永远守护小妹妹！从来没有像今天这样爱我的 Findus，我的小宝。当即破例烧了四个大海虾，向具有伟大猫格的 Findus 致敬！

第二天早上八点二十分，女儿在楼下喊我：Easter 上楼来向您老请安了！应声望去，Easter 已拾级而上，虽有点虚弱，有点慢，但已能咿呀咿呀地对着我发声说话了。后面跟着 Findus，是小哥哥，也是护花使者。我终于忍不住哭出了声，为一开始反对女儿又收养了流浪猫，甚至对 Easter 不加青眼、埋怨冷落而内疚自责。我第一次像爱 Findus 那样，把 Easter 紧紧地搂在了怀里。女儿也跟了上来，为这先斩也不后奏的阳谋终于得逞，喜极而泣！

69 我的猫孩儿

退休后，闲暇无事，常与友人去花市，选购各种高仿真花草，沉浸于插花艺术。有时睡到半夜，一激灵，出个创意，随即起身插上几盆。但完成后又觉没灵动，无内在生命的美。上百盆插花全都送给了友人，留给自己的唯有缤纷褪尽、光阴空度的老年生活。终于，小男孩儿 Findus 来了。两年后，小女孩儿 Easter 也成了我家一员。他们填补了一切，悦目亦赏心，终成了我心中常开不败的花儿。

养育猫孩儿不像插花可随心所欲，必须在互动中了解他们的脾气、性格、喜好和身体状况，不时作出调整，让猫孩儿能吃好，玩好，睡好，愉悦健康地成长。

两个猫孩儿性格迥异。Easter 活泼又纯真。她妈妈生了三个娃，两个被黄鼠狼咬死后，Easter 有幸独占妈妈的奶水，养得健康壮实，精力充沛。她每天睡觉的时间不多，总喜欢跟在人旁，咿哩哇啦地唠叨。只要逮着一个能跟她玩的人，就兴致勃勃。哪怕一个扎辫的圈圈，她也可反反复复地玩，从不厌倦。她矫健的身影、敏捷的反应，出乎我们意料的非凡运动能力，都在游戏中令我们为之动容。我不禁感叹：她是可以替父出征的巾帼英雄花木兰。即使无所事事，她也会在饱餐或睡醒后，突然兴奋异常，像匹小鹿，撒开四蹄狂奔。实在是身体好、能量足啊！Easter 喜欢亲近我们，但却拒绝被抱。有时，她绕着我亲热，

200

妈咪大人的猫咪札记

上图 来客人了？

我会趁机把她抱起。只见她扭着头，表情相当尴尬，就如被一个有力又有文的好色之徒强抱时的样儿。她当然也后悔．是自己先来亲热的，可你们理解错了：这示好不是投怀送抱，是邀你们陪玩。

Findus 则完全不一样，他看似憨厚，实则内心敏感。可能幼年遭遇不幸，心理有阴影。在用了一个多月的抗菌素后，他的各种疾患虽治愈，但胃口仍不太好．精力也远不及 Easter。他会看我们逗 Easter 玩，有时也欲小试身手。女儿说他"老夫聊发少年狂"，又说他"老当益壮"。Findus 听出女儿的赞美声中没有激情，也知道自己不如 Easter，以后这样的游戏就很少参与，只在那巴巴地看着我们。我在一旁看得心酸，想到女儿不足两岁时，因为长期腹泻，虚弱到常常只能躺着玩小黑熊和洋娃娃……

可怜的 Findus，因为莫名的呕吐，唯一爱吃的大海虾，已停了半年多。期间我们也不吃海虾，连"虾"这个字也不能说出声。Findus 一听到"虾"，就会迕厨房等上一天。两周前，我买了个大龙虾，酣卧在床的

Findus 竟立刻奔进了厨房，两眼放光，头伸进装龙虾的塑料袋，怎么也不肯退出。直到我又拿出准备洗的臭豆腐，他才顿时从塑料袋中缩回头，竖起耳，瞪着眼，非常讨厌地用爪子扒臭豆腐。原来，他是受不了这像耙耙一样的臭味，真是爱憎分明。记得女婿刚来上海，去江南古镇游玩，闻到满街的臭豆腐香，竟捂着鼻子说要晕过去了。但人是会变的，现在，一盆煎得香喷喷，块块金黄上蘸满红辣椒酱的臭豆腐上桌，他是吃得最欢的。真希望我的猫孩儿 Findus 也会越来越健康，也能像女婿那样学会"美其食、任其服、乐其俗"。

大龙虾又勾起了 Findus 对大海虾的回忆。从那天开始，他索性整天待在厨房不走了。只要我们进厨房，他眼中就射出难以名状的光。说乞讨有点难听，恳求

203 　我 的 猫 孩 儿

左图　我在练芭蕾　　右图　我又在练芭蕾

似乎更贴切。我受不了这眼神，当下坚持，从今天开始，恢复每天两个大海虾伺候。但喂虾时一定掰得很小很小，让他慢慢咽，以防呕吐。吃完大海虾，Findus 总会"喵喵喵"哼着满足的小调，撒腿欢奔，真是言之不足，歌以咏之，足以蹈之也。而后，他会选一个安静的休息处，准备好好地睡上一大觉。我和女儿轻轻地走到他跟前，笑论他吃大虾的馋样。他斜觑一眼，发现我们在笑他，有点不好意思，将头埋进了两个前臂之间。但是，即便在吃最爱的大海虾时，只要 Easter 过来，Findus 都会礼让后退。不知道 Findus 的涵养是怎么修成的？这样的退让是否给自己造成压力？秉事之情，顺物之至，对人来说都是不易的呀！

　　沙发一角是 Findus 最爱待的地方，他经常像人一样，伸着手脚，歪着脑袋，闭目养神。我走近时，他会悠然举目，以一种坦荡舒弛的神态久久与我对视。有时，他也会两个前臂搭在扶手上，前爪合在一起，低着头，半眯着眼，像在思索，又似在祈祷。

　　晚上我们熄了灯，两个猫孩儿总会特别兴奋，楼上楼下欢奔追逐，像两匹小马一样，来来回回十几次后，才能安静休息。Easter 趴在女儿脚后，Findus 睡在我左侧。

　　两个性格迥异却都率真无伪的猫孩儿与我们共享着"各从其欲、皆得所愿"的自在又舒心的家庭生活，同时也教我们忘却了病痛，忘却了人世间万劫不磨的情伤。

70 疫情中

2020年元旦，女儿赴日访学前，宣布了一个令我意外的决定：在她结束访学返回前一周，邀我去日本赏樱。两个猫孩子也嘱咐了专人看顾。这是她蓄谋已久的筹划。

这一决定，缘于2015年那个四月天。每次去看望百岁时不慎跌倒骨折、卧床两年的老母亲，回来时总是心力交瘁。快到家时，就见那棵高大的、树冠特别华美的樱花树，先是星星点点、粉粉嫩嫩缀满花蕾；继而繁华压枝，一树艳芳；忽又纷纷零落成泥。美得绚烂又骤然纷飞而去的樱花，每次都让我怅然良久。已届古稀，对母亲仍依恋难舍，还真怕成孤儿。为此我写了首瘗花铭，送给也曾喜欢写诗的母亲。可惜年过期颐的母亲已懵懂不堪，听不清诗句，更读不懂诗情。唯有一旁的女儿默默泪目。带我去日本赏樱，是她那一刻的决定。

不想破坏女儿的计划，心里却怎么也放不下两个猫孩子。思前想后，点点滴滴，把要关照的共三十八条，工工整整地写下。最重要的划红线，必须做的标绿点，还照抄了五份，在屋子的每一个醒目处各放一份。但是，我仍无法释然，连烧饭的心思也没有。每天从冰箱里取出朋友亲手做的银丝圈、肉包子，蒸一下就当三餐。女儿的孝，朋友的情，是幸运，却也让我长忆而有愧。只是我这猫痴，要离开自己的猫孩子，去远方独乐乐，总是于心不忍。有位作家曾说："一个人若把另一个人疼入心了，那真是任凭自个儿粗胚衣裤，也要翻箱

妈咪大人的猫咪札记

上图 我们要听妈妈话，不出去，外面有病毒

疫情中

倒箧，给另一个人裁锦衣玉服。"我对猫孩子的爱又何尝不是如此！

　　晒台上的迎春花开了，黄澄澄的，一如以往。可是这个春节，没有春意，成千上万的人感染了新冠病毒，被隔离，甚至死亡。我和两个猫孩子也不敢迈出大门。他们不能再到屋顶上极目远眺，更不能去院子外蹓跶。但我下楼一开门，他们就会快速溜出去。Findus 懂事，只要我用恐怖的叫声嚷嚷"外面有病毒"，他就会转身回屋。Easter 心野，出去了很难逮她回来。无奈之下，我只得动粗，抓住了，往屁股上狠心一巴掌。她尖叫一声，转头去舔被打疼的小屁股。楚楚动人的大眼睛怯怯地看着我，"咿哩哇啦"地诉说着自己的委屈。不过，她从此再也没敢迈出门一步。这真比教育小孩容易多了。

　　如今，窗外原本熙熙攘攘的马路出奇地空寂。来来回回的公交车常常只有驾驶员一人，好容易看到一位戴

上图　妈妈回来啦

口罩的路人，也是行色匆匆。猫孩子见我老站在窗前，也凑过来。有一次，我们竟同时看到了一只黄鼠狼，尖尖的脑袋，黄黄的身体，在这个杳无人影的幽静的长长的弄堂里闲庭信步。一会儿又闪入树丛，不见了影踪。猫孩子不约而同地望向我，仿佛在问我：这个既不像人，又不是猫的家伙，怎么也大摇大摆跑了出来？现在又去了哪里？我叹了口气，仰头望天，发出了自己的天问。

疫情中，隔离的人在挣扎；无力再挣扎，也无权与眷恋的人话别的，只把痛苦留给了家人。我们天天痛悼那些不幸离去的人，担忧那些被无情抛弃的猫猫狗狗们的明天，更气愤因为主人隔离而猫咪被人随意活埋……但有一只叫乐乐的孕妈"猫坚强"，在主人确诊住院后，靠着主人留下的两袋猫粮和一缸水，凭着母爱的本能和对主人的思念，不仅独立生活了四十天，还艰辛地产下四个猫娃，做完了月子。孩儿们个个健康，自己却精瘦精瘦。这让我又想起了母亲。那个寒冬的清晨，接到她去世的消息，我赶到时已是一小时之后。捧起母亲的手，放在我胸口，她冰凉的手指上还戴着我为她选购的蓝宝石戒指。捂着捂着，一直捂到暖暖的。妹妹过来摸到这手，惊得以为母亲又活了。寿者多辱，往事揪心痛。欲哭，还休。

亲爱的猫孩子，我们生活在地球村，有喜欢和不喜欢的各种生物。芸芸众生，都是生物链上的一环。不要杀戮，不能残害，促进生息和谐，尊重其他生命，一如珍爱我们自己。猫孩们依偎在我身边，不知是否听懂，但至少相信我决不会离弃他们。那刻，我做了个决定，让女儿退了机票。

接下来，女儿频频发来早樱和日本咪咪们的美照。樱花的凄美摄人心魄，咪咪们的可爱让我心驰神往。他们时而在博物馆的廊亭里静思，时而在寺院入口处冥想小憩，樱花下也有他们妖媚傲娇的身影。只是，樱花纷纷扬扬飘落时，他们或许会去到别处……

　　各国疫情肆虐。日子，过得焦心。女儿归国航班屡屡取消。念沉沉，何日归？终于，四月初，女儿等到了回程机票。在宾馆集中隔离十四天后的一个迷雾浓浓的清晨，我在弄堂口等到了归来的孩子。她欲扑上来拥抱，被我理性地拒绝了：这种特殊时期，还是先换下衣服，再洗个澡，更安全吧。打开家门的刹那，Findus霍然冲出，"喵喵"曼声度之，不顾病毒细菌的可能性，扬着激动的大尾巴，欢天喜地径直跑向女儿，用湿漉漉的小鼻子和女儿交换了见面吻，围着女儿尽情撒娇。"快上楼吧，宝宝！"我催女儿快些换衣服。女儿没有反应，再唤，她则说，"自从有了Findus，宝宝已是他的专属称号，根本没想到妈咪大人在叫我。"这话，说得酸溜溜，让我心生歉意，她刚脱了外衣手套，我急切地上去抱她，用手捏她的脸颊，撸她垂肩的黑发，全然将她当作了猫孩儿。此时的Findus"哦呀

上图 日本的猫

妈咪大人的猫咪札记

210

上图 日本的樱

哦呀"唤得急，他的语言我懂：她是我的！我的！情会薄？爱会淡？这是说的人，Findus可不会。和女儿分离三个月后重聚，两个猫孩子都格外兴奋又珍惜，竟然一改疫情中每天昏睡二十小时的习惯。第一、二天整天围着女儿转，白天哪怕再困，也眨巴眯缝着眼死撑。直到两周后，才逐渐恢复原来的起居习惯。

  这些天，你会发现Findus总注意着女儿的一举一动，浅显的表象后，隐藏着深邃的思想。女儿说："他真的不是只猫，就是个人。深情款款的眼神，会让人意乱神迷。"我接茬儿："他或许就是上辈子暗恋你的情人，没来得及向你表白，就早殇于大饥荒中。得知你已成婚，急着投胎，在你们经过的湖南路上跳来奔去。不必饮憾，不能成伉俪，也可遂以款密。"女儿豁然梦觉，一字一顿地："他怎么不托个梦，让我等一等？等到天荒地老，我愿意。"

猫咪代跋

本猫姓褚名姆妮，褚家门里三公子。
大姆妮和中姆妮，提起就要哭鼻子。
大姆妮是大公子，常听外婆讲起伊。
姆妈放学路上拾，皮包骨头满身虱。
驱虫洗澡精调理，不出半年换样子。
虎头虎脑又懂礼，名副其实大公子。
胆子极大心却细，会用前爪开窗子。
麻雀捉牢追鸽子，送给家人补身子。
不许再把鸟儿欺，遭到外婆厉声叱。
阳台小屋风雨避，困觉赏景心安逸。
每天一盆鲜鱼食，饱餐也懂饿猫饥。
心地善良大姆妮，叫来流浪猫女士。
你吃一半我再吃，大家都能饱肚子。
无忧无虑好日子，过了一年就到期。
家人病重去就医，关照勿能养猫咪。
姆妈外婆勿肯弃，抱头相泣难分离。
只能放养新村里，还能每天送鱼食。

上图　姆妮二世

猫咪代跋

可怜姆妮大公子，早晚窗外喊妈咪。
九月十一深夜里，到处寻找不见伊。
有人曾见虐猫癖，角落头里杀猫咪。
惨遭杀害大公子，家人心痛难自已。

姆妈要考GRE，躲进深山去复习。
读得头昏脑胀时，去到树林透透气。
偶遇一个小猫咪，伸出前爪将狗劈。
出生仅只二十日，如此骁勇真难觅。
维持生计不容易，房东正想把她弃。
一见钟情难自已，决定领养不分离。
叫声姆妮就搭理，取名二世中姆妮。
长得俊俏又伶俐，活泼可爱惹人喜。
还有名招"舞僵尸"，身体侧斜背弓起。
四腿笔直蹦得齐，爱跳此舞乐不疲。
陪伴姆妈钢琴习，六手联弹两相宜。
性格倔强头不低，若是遭欺斗到底。
外婆枕旁亲密依，老人混身发疹子。
确诊过敏因猫咪，就在家里先隔离。
关在厕所决不依，撞得头破血满地。
万般无奈终分离，送回老家深山里。

妈咪大人的猫咪札记

左图 大宝和姆妮二世六手联弹

上图 发现目标

没吃没喝饿肚子，只能上山打游击。
小虫山鼠填肚子，得过且过混日子。
有次跌落陷阱里，金属夹子夹牢伊。
不知挣扎多少时？终于挣脱回屋里。
没见有人来救治，骨碎肠裂断了气。

两段痛煞伤心史，常留心间难消逝。
只要看见小猫咪，姆妈外婆情难抑。
两位猫痴心思里，就想再有小姆妮。
姆妈车前救我起，坚持领养不肯弃。
大姆妮和中姆妮，让我听得吓嘶嘶。

上图 姆妮四世 Easter

忆苦思甜知今昔，吾今生活终有依。
只求家人无病疾，陪吾左右不孤寂。
吾虽不是前姆妮，但亦是个乖孩子。
目前勿会开窗子，却会"老鼠滑护梯"。
抓到蟑螂和蚂蚁，帮忙打扫清屋里。
真情实意拍马屁，人见人爱皆欢喜。
能静善动会唱戏，为家增色添福气。
大虾最好每天吃，没有心旷也神怡。
只要你们发声音，随时听命都乐意。
妈用电脑写东西，吾在一旁不放肆。
改掉啃咬坏习气，做个姆妮好后裔。
今值中秋圆月日，四世姆妮共聚齐。
鲜鱼海虾觥筹时，愿君此生无别离。

后 记

  年逾古稀，提笔写作，是因为在朋友圈发了爱猫札记，被几位老师和朋友首肯。特别是编辑老师邱红，一再鼓励支持，希望札记不断，并编辑出版。

  我从小就特别喜欢动物，尤其猫咪。但前两个猫咪的不幸离世，让我每每忆及就心痛不已。我不敢再领养猫咪，哪怕路边的流浪猫都不忍多看一眼。

  2017年1月，女儿领回了在马路上差点被车碾压的病猫Firdus。这个小不点儿与我朝夕相守。我给他妈妈的爱，朋友的理解，他回馈我的是妈妈、朋友和医生都无法企及的……Findus的到来渐渐抚平了我的伤痛，甚至近二十年的抑郁也有好转。我心里充满了对Findus的感激之情。

  写爱猫Findus，完全是出于真情实境。每一个猫咪都是独特的，却又都是可爱的。

  写下这些札记，也为让更多的朋友在与猫咪的互动中更了解猫咪，亦或更了解自己。

  让这个世界充满爱，也可以从一个小猫咪开始。

  谢谢我的朋友们！

2020年6月

图书在版编目（CIP）数据

妈咪大人的猫咪札记 / 吕吉明著 . ——上海：上海三联书店，2020.8
ISBN 978-7-5426-7090-8
Ⅰ . ①妈… Ⅱ . ①吕… Ⅲ . ①故事 – 作品集 – 中国 – 当代
Ⅳ . ① I 247.81
中国版本图书馆 CIP 数据核字（2020）第 111715 号

妈咪大人的猫咪札记

著　　者 / 吕吉明
责任编辑 / 邱　红　李天伟
装帧设计 / 孙豫苏
监　　制 / 姚　军
责任校对 / 王凌霄
出版发行 / 上海三联书店
　　　　　（200030）中国上海市漕溪北路 331 号 A 座 6 楼
邮购电话 / 021-22895540
印　　刷 / 上海展强印刷有限公司

版　　次 / 2020 年 8 月第 1 版
印　　次 / 2020 年 8 月第 1 次印刷
开　　本 / 710×1000　1/16
字　　数 / 80 千字
印　　张 / 14.25
书　　号 / ISBN 978-7-5426-7090-8 / I · 1641
定　　价 / 58.00 元

敬启读者，如发现本书有质量问题，请与印刷厂联系：021-66366565